蓝色花诗丛

东西谣曲
—— 吉卜林诗选

［英］吉卜林 著

黎幺 译

人民文学出版社

图书在版编目（CIP）数据

东西谣曲：吉卜林诗选/（英）吉卜林著；黎幺译. —北京：人民文学出版社，2018
（蓝色花诗丛）
ISBN 978-7-02-013587-5

Ⅰ.①东… Ⅱ.①吉…②黎… Ⅲ.①诗集—英国—现代 Ⅳ.①I561.25

中国版本图书馆CIP数据核字（2017）第307396号

出版统筹	仝保民
责任编辑	陈　黎
特约策划	李江华
特约编辑	杜婵婵
封扉设计	陶　雷

出版发行	人民文学出版社
社　　址	北京市朝内大街166号
邮政编码	100705
网　　址	http://www.rw-cn.com
印　　刷	三河市宏盛印务有限公司
经　　销	全国新华书店等
字　　数	130千字
开　　本	787毫米×1092毫米　1/32
印　　张	6.375
印　　数	1—6000
版　　次	2018年6月北京第1版
印　　次	2018年6月第1次印刷

书　　号	978-7-02-013587-5
定　　价	39.00元

如有印装质量问题，请与本社图书销售中心调换。电话：010-65233595

编者的话

"蓝色花"最早源于德国诗人诺瓦利斯的一部作品,被认为是浪漫主义的象征。蓝色纯净,深邃,高雅;蓝色花,是诗人倾听天籁的寄托,打磨诗艺的完美呈现。在此,我们借用上述寓意编纂"蓝色花诗丛",以表达诗歌空间的纯粹性。

这套"诗丛"不局限于浪漫主义,公认优秀的外国诗歌,不分国别、语种、流派,都在甄选之列。我们尽力选择诗人的重要作品来结集,译者亦为一流翻译家。本着优中选精、萃华撷英的原则,给读者提供更权威的版本,将阅读视野引向更高远的层次。同时,我们十分期待诗坛、学界和广大读者的建设性意见。

二〇一五年五月

译者序

鲁德亚德·吉卜林在中文世界的命运有些奇特，作为最年轻的诺贝尔文学奖得主，他的知名度很高，但被译介的作品却不多。因此作为一个文学形象，汉语的吉卜林与英语的吉卜林之间有着不小的偏离，或者说，中文读者尚未得到足够的材料来认识文学家吉卜林——毋庸置疑，文学家的命运总须在一个更大的时空尺度当中，才能被衡量、被讨论，理论上，这个尺度甚至近于无限。因此，要准确评价一位文学家及其作品，是不可能做到的事，但这个悖论却将一个永恒潜在的事件留给了始终在来临之中的未来。这种隐秘的势能使得文学始终处于革新之中。作为一个文学读者，一个合适的态度是，也许我们需要随时准备变更自己的认知，哪怕冲击我们的只是极微小的一点波澜。

作为第一本结集出版的吉卜林中译诗选，这本诗集的第一个义务是恳请它的读者:请务必首先将吉卜林视为一位诗人。《基姆》是一部杰出的长篇小说,《丛林故事》则是最为吉卜林的读者所熟知的作品,但诗歌写作在吉卜林的文学生涯中占据着独一无二的地位,可以说,诗人吉卜林是作家吉卜林的起点与终点——吉卜林的写作始于诗歌,终于诗歌,只有在诗歌中才能够窥见他的每一幅重要的生命图景。阅读吉卜林的诗歌,认识作为诗人的吉卜林是一个顺理成章的要求,但哪怕是在吉卜林的母语环境中,他的诗作也曾长期被遮蔽在遗忘的阴影中。据说,在其生前,一本杂志便曾刊登吉卜林的死讯,他还为此给杂志编辑部写了一封信,信中写道:"我已读到了我死去的消息,请不要忘记把我从订阅者名单中删除。"一个时代主动地将一位生活于其中的具有代表性的天才排除在外,如此诡谲的现象并不多见。正因如此,后世的诗人及评论家们在提及吉卜林时,总要针对这一现象进行讨论。几乎没有人置疑吉卜林的才华,在他的诗作中最为人诟病的不外乎两点:其一是他所坚持的有着严格韵律要求的诗歌形式,这在现代主义席卷一切的二十世纪上半叶被普遍视为"过时"的文体;其二则是在他的部分作品中显露的民族主义,甚至是帝国主义的观念。

写作，始终是一种指向自身的探索，风格与形式，即作品的个性，仅能就个体本身进行讨论。形式本身并无高下之分，任何一种形式，都将在并只能在真正的杰作之中得到完美的实践。像吉卜林这样的诗人，既然给自己的诗歌戴上格律的镣铐，亲自将长袖善舞的"灵感"拘禁在一行行声音的围栏之中，就必然与笃信"文体之自由"的现代文学观有相左之处——值得注意的是，这种笃信如果过度，便将使自己成为"这自由的囚徒"。这类写作者认为：未加驾驭和疏导的灵感之流无法凝结成有价值的作品，随机性阻碍了美的明晰的实现；这种写作基于这样的观点——写作首先是一门技艺。而任何一种技艺层面的追求，都可以归结为一种对"典范性"的追求，这种追求要求确切的形式，以便由形式之确切来锻造作品之完善。也许，我们可以同意吉卜林确已"过时"，但问题在于，线性时间对于文学的价值是根本无效的，他本就与所有时代的写作者处在同一个高于时间的平面上。

也许我们还可以借着阅读吉卜林的诗歌之机，反省自己对待经典的态度。经典之于我们常常意味着"过时"的伟大与优雅，我们仍旧会谈论它们，但几乎不再阅读它们，或者被其名望所强制，仅仅是被迫地阅读它们。时间生成的幻觉蒙蔽了我们，使我们无视其中的迷人与壮丽，出于一种亵渎的心理需要，我们有时甚至会直接将之等同于愚蠢。但与它们相比，我们是如此短暂，局限着我们的时代的河道是如此狭窄，一旦我们愿意破除幻觉，在它们面前睁开双眼，正视被其映照出的我们的有限性，我们便能从自身的谦卑中收获一种超越性的精神向度。

有关吉卜林的第二种批评很难否认，但必须要说，仅从吉卜林的几篇作品或几次发言就做出如此严厉的指控，还是太片面了些。在吉卜林的时代，作为一位文化名人，他的一切都理所应当地被纳入公共讨论的范畴，但如今，距离使得我们可以较为宽容地看待吉卜林其人，以便将视线收回到他的创作本身，也唯有如此才可能触及他作为一位诗人的"抒情内核"。事实上，尽管吉卜林从未远离他的时代的政治环境，也曾公开发表过一些政治观点，但多数仅仅是针对一些具体事件的即时反应而已，很难说他有任何成熟的、稳定的政治立场。仅就吉卜林的有关民族、战争等政治题材的诗作而言，在同一时期的作品中，表达的观点也不尽相同，甚至可以说是矛盾重重的。鉴于心灵考据的困难，对诗人的创造活动有所保留地做出一些假设是无可厚非的，但在此之外，对于吉卜林的指责数量太多了些，措辞也太重了些，似乎对于这样一位诗人，很难以一种轻松的口吻做适度的评价。也许，我们必须承认偏见的力量，这一点对有关吉卜林的评述和他的诗作同样适用——长期以来，它们赢得了各自的读者。

这本诗选以一系列与海有关的诗作开始，之所以如此编排，一方面出于译者的偏好，另一方面则是因为这一题材在吉卜林的诗作中所占比重甚大，面向也尤为丰富。与约瑟夫·康拉德或赫尔曼·麦尔维尔等经典作家不同，在吉卜林的身上找不到水手式的海洋情结，海在他的作品中多数情况下仅仅具有象征意义，像一个巨大的面具覆在诗行之上——这无比贫乏又无比丰饶的存在，托着船只和在船上做梦的人，如同庞然无涯的精神负载着渺小的身躯。借助于海的形象，吉卜林让意义沉入到社会样态和生命体验的表象之下。在吉卜林的诗歌中，有时，海作为东方与西方的二元认知结构中一道近乎无限的缝隙而出现，从积极的意义而言，它起到的是衔接和过渡的作用，从消极的意义而言，它则阻隔了融合与交汇的实现；有时，海又象征着那些间接的、隐匿的、反面的生命意识，其中收容了各种难以名状的事物：死亡和被时间排除的过去，以及永远不可能实现的未来。在这些译作中，《白马》特别值得关注。一贯为吉卜林看重的文明征服的主题，在这首诗作中呈现出格外雄浑磅礴的气象。从与海相关的诸多元素中，诗人提取出一个精准有力的意象：奔腾汹涌的白浪，并由此展开惊人的想象。经过变形之后，海便具有了两种不同的层次，作为基底的海面原本是平坦的，如同一面镜子映照着天空，象征着文明、理性与秩序，而一群白马在海洋牧场上出现，打破了海的平静，这股汹涌的、有待驯化的原生力量具有两面性，它们既是毁灭的力，也是进步的力。在最后的几个诗节中为诗人所召唤的白马骑士，凝聚了西方文明中所有重要的、积极的内涵，它既代表了勇气、荣誉感、牺牲精神等自亚瑟王时代以来的传统价值，也暗含着平等、宽容等具有普世意义的现代文明观念——诗人颂扬了白马的生命力，有了这种强大的生命力存在，骑士才有可能运用自身的理性建立新的世界秩序，正是这一点使得这首诗作跳出了狭隘的民族主义，为自身赢得了更为广阔的阐释空间。

战争题材的作品在吉卜林的诗歌中占据很大的分量，有关他的各种争议也主要集中在这部分诗作上。如果抛开吉卜林的社会活动，而仅以这些诗歌本身发出的声音而论，很难从中直接总结诗人对于战争的态度，或者只能认为诗人对于战争的态度是十分多变的。这一方面也许是吉卜林在各种事件不断对心灵造成冲击的情况下,自觉或不自觉地对自己的观念进行修正的结果,另一方面也许是因为那些针对战争的感想本身就不能构成完整、牢固的体系,它们一直被本能和激情左右,甚至情绪本身就是这些诗歌的本体。也许对于战争,吉卜林根本谈不上赞同或反对,他所关注的是湮灭于风平浪静的现代社会生活中,仅仅能够在战场上才得以复苏的价值与意义,但附加在这些意义上的死亡与伤痛又使他不得不反过来质问自己。组诗《战争墓志铭》便是这种质疑在吉卜林诗歌中的具体表现,它将战争的宏大主题沉降到那些微不足道的"祭品"之上,让生命逝去之后留下的空洞吞没了所有的意义,以这种方式对战争进行了全面的否定。最后两首墓志铭——《演员》和《新闻人》——的主题与战争似乎没有直接的关系,但凭借这种安排,组诗的外延得到了极大的拓展。首先,诗中的"战争"因此而多了一重喻义,指向被各种意义所拘役的生命对这种劳役的抵抗——"我们每天服役,现今期限已满",这些无法摆脱的意义消耗着生命,但又被生命的终结,那唯一无意义的,取消一切意义的死亡所战胜,这种对生命之荒谬的认识赋予诗作极大的感染力。

其次，诗人以这两首诗歌为战争勾勒出一幅具有讽刺意味的形象：启幕之时，所有的角色均在这出轰轰烈烈的戏剧中"粉墨登场"；落幕之后，却鲜有几人能为自己赢得被记载的权利。

《马达间的缪斯》是译者十分偏爱的一组诗作。这二十五首诗歌全部与吉卜林时代的新事物——汽车有关，对于这种"当时前所未有的新动力"，诗作中表达的态度总体上是嘲讽的、贬抑的。诗人通过这一系列诗作，重新拾起了索福克勒斯在《安提戈涅》的"人颂"中表达过的有关"人之僭越"的经典主题。但如果从这些诗歌中，读者仅仅看到一个诗人试图强行拉住时代缰绳的漫画肖像，那这个印象就实在太过简陋了。事实上，吉卜林本人便是最早尝试驾驶汽车的那批人中的一员，最先体验了汽车带来的便利：他曾经被聘任为大不列颠新闻报的驾车记者，用这种新式交通工具游历了许多地方，写下了许多游记散文。何况，倘若他对于技术的进步所持有的是这样一种简单的否定态度，那么最适合他的主题应该是科幻题材。在《矛盾》一诗中，吉卜林发表了他对汽车的真实看法：

对于一部车，无论用马达

还是用马拉,确切的
理解是非善亦非恶,他
不是阿里曼,也不是奥尔穆兹德。

可见,诗人的着眼点在于人,而非在于车,他所担忧的是人在速度中迷失,忘却速度之外的所有真切、细微的体验,正是这些体验构成了生命本身;他一再告诫他的读者:如果一味地追求速度,最终追逐的只是死亡而已。因此,在吉卜林看来,现代城市的马达丛林为死神提供了新的狩猎场所,花样翻新的死亡产生于人类花样翻新的狂妄,他也因此得到了一种新的写作题材,但根本上,他在这些诗作中召唤的仍然是理性、道德和秩序,他试图提醒人们,不要用生命实践那种志得意满地走向审判日的荒诞。这一系列诗歌从之前各个时代的经典中借用和撷取了各种文体、各种元素,并按照线性排列,串起一条时间之链,本身便铺砌出一条道路,让吉卜林的诗行——这"马达间的缪斯"——在其上行驶,一路驶向不断加速推移的"现代"。作为一个整体,这些作品以极强的形式感和戏剧性为它们的读者,尤其为写作者们提供了一个很好的范例,展示了如何围绕某一要素持续地挖掘与整理,如何将堆积变为架构,将松散归于整饬。

另外，这本诗选中收录的部分短诗也值得细读，尤其是《退场诗》。这首诗作被许多评论家视为吉卜林的代表作之一，是诗人为一个由维多利亚女王亲自发起的纪念庆典所作的赠诗，但从其低沉的格调来看，它似乎在对帝国的落幕做出预言。无论对于其时只有三十二岁的青年吉卜林，还是对于其时仍如日中天的大英帝国，失望与缅怀都来得早了一些，仅仅由此看来，作为"帝国诗人"的吉卜林便绝非偏执狂热之徒。

诗人吉卜林从他的时代、他的出身和他的谱系中提取了最具力量的题材，但这种力量不可避免地反映出一个没落的图景——摆在吉卜林面前的是一轮辉煌的落日，他的力量主要表现为力量的削弱。在当代中国没有吉卜林式的保守主义诗人，或者换一种表述：现代性在中国缺少一个够资格的敌人，因此便不可能出现镜像般的 T. S. 艾略特以及他的荒原。所以对于吉卜林以及我们来说，东方与西方之间不存在落差，有的仅仅是映射关系：永远处于下落中的夕阳和由其反照得来的始终无法真正升起的朝阳。

在这本中译吉卜林诗选里，译者选译了诗人在各个年代写作的各种不同主题的作品，尽管如此，想要在如此篇幅中展示吉卜林诗歌创作的全貌仍然是不可能的,哪怕只是粗略地展示。所幸,对于吉卜林诗歌的中文译介工作而言,这仅仅是一个微不足道的开始,在这本小书的基础上,我们可以期待更多更好的译作。吉卜林的诗歌多数都有严格的脚韵,有些是相邻的两行押一个脚韵,有些隔行押韵,有些仅双数行押韵,还有一些较为复杂,例如《最后的水手歌》便每五行一个诗节,每个诗节的第二行和第五行押韵,第三行和第四行押韵。译者在翻译时基本都照原诗的韵律形式进行了处理,但没有在脚注中一一进行解说,读者在阅读时自行辨明即可。自然,对于这本诗选的一部分读者而言,韵律并非必须,但译者为了尽可能还原他所读到的吉卜林,却非得在韵律上着力不可——既然诗人在创作时将韵律视为原则,作为中介的译者便只能据此划定这些译作的命运。另外,应该说明的是,吉卜林对声音的精妙运用,远非只有脚韵这么简单。例如,在《深海锚索》之中,前两个诗节散碎、迷离,正如诗句中描写的在深海中游移沉浮的残骸和词语,而最后一个诗节,诗句变得长而有力,正呼应了诗歌的结尾:"让我们成为一";在《东西谣曲》中,当诗句进行到两位主人公纵马奔驰的段落,诗行的声音与形态也在模拟绵延的群山和翻飞的马蹄。遗憾的是，无论译者如何努力，还是无法尽现原作精微的构思和旨趣。

在这篇序言的末尾，附上一个简短的致谢名单，这既是惯例，也是必须。感谢我的妻子陈希，没有她的支持，我不可能投入任何有价值的工作；感谢我的朋友王炜和童末，由我们三人一同发起的"营地写作小组"的数次内部讨论直接促使我起意翻译吉卜林的诗歌；感谢本书的策划李江华，一直以来，他给予我这个译界新手的宽容与信任，让这本诗选得以出版问世。

是为序。

黎幺

二〇一八年初春

目　录

最初的水手歌	001
最后的水手歌	004
深海锚索	010
海夫人	012
海的礼物	016
白马	021
东西谣曲	027
房子	036
锡安	038
希腊颂歌	041
退场诗	043
战争墓志铭	046
"特雷德潜艇"	061

"铁鱼"	064
"毛茸茸"	065
老兵	069
死床	071
如果	074
玛丽之子	077
特鲁·托马斯的最后一曲	079
陌生人	090
幽冥	093
阳关道	094
车夫循环曲	095
广告	097
法庭故事	098
回忆的慰藉	100
四个要点	102
致一位女士,劝她上车	104
火花的长势	106
牛皮贩	107
"在准备出发,前往一座城市的时候"	108
致驾驶员们	110

游记	112
傻小子	114
兰道	115
矛盾	117
堡垒	119
新手	121
杰拉尔丁女士之苦	123
烦心事	125
司机临终时	127
发明家	128
汽车民谣	131
一个孩子的花园	137
寓意	139
机器的秘密	141
手艺人	144
吉芬的债务	147
城市之歌	151
死者的歌	158
风暴中的歌	164
熊的停战请求	167

亚兹拉尔的计算 …………………………… 172
沙特尔的窗 ……………………………… 175
欢乐的传说 ……………………………… 177
当世界的最后一幅肖像被描绘出来 ………… 183
朋友 …………………………………… 185
恳请 …………………………………… 187

最初的水手歌*

这个女人于我而言是我的,在黑暗中我找到她:
在宿营地,我默不作声地捉住她,绑住她,拽走她,
循着我们的踪迹,她的部落紧紧追逼,在拥有她
之前,听到她在暗处发笑,我极不寻常地爱上了她。

我们迅速地穿越森林,没有人站岗,守卫我们,
我的人很少,很遥远,洪水阻截了我们——
我们称他为海之子,浮肿的,愤愤不平的,
冲击着等待死亡的我们,盗窃的和被盗的。

---

* 这首诗中水手偷走土著女人的故事同时与希罗多德《历史》和荷马史诗《伊利亚特》的故事开端相对应,另外也暗指亚当和夏娃,表现的是一直以来为吉卜林所看重的文明融合主题,可与《最后的水手歌》和同样以一次抢劫作为开头的《东西谣曲》对照阅读。

她轻盈地跳上了一棵被水包围的大树，
径直向上爬，裂开的树皮接纳了她，给她容身之处，
她大声召唤风的神灵，请他助她摆脱危险，
在他们扑向我这专为杀戮准备的长矛之前。

那几个字眼给树注入了生命（赞美赠予者！）
水獭一般，他跳离了岸，扎进满溢的河，
远离身后，他们凶猛的斧头，闪着光，叮当响，
惊奇和恐惧同时罩在我的头上，而她仍在歌唱。

我们离开的土地，在低处躺着，蓝色包围我们，
甚至，神灵们居所的地板环绕我们。
没有风声，没有话语，也没有影子的演出，直到光
在深渊里搅动黑暗，渐热，渐亮，渐涨。

然后，他从下方跃起，登上他光辉的领地，
他，无边的伟力，太阳，向我们的渴望袒露自己。
不，我们失明的，失去联络的双眼，无法凝聚于一次
　凝视，
他扫清了世界的门户，巨大至极，令人惊叹不止。

我们看到了（而且我们活着）——那口燃烧的深井，
然后神与那棵树说话，命我们回去，给我们送行，
回到我们起飞的那片滩涂，毫不畏惧的，缓慢的。
回到我们的屠夫那里，但我们是神圣的。

为此次狩猎而兴奋的男人们，跟在他们身后的女人们，
得到承诺，可以瓜分我们骨头的婴孩们，
迷狂，颤抖，全部落的脖子以上都畏缩地、哀怜地仰着，
我们，先知和女祭司，从破晓的曙光中回来了！

一八九六年

最后的水手歌

"海也不再存在了。"①

在基路伯②的头顶,主在穹隆中讲话,
呼唤各安其位的天使和魂灵:
"看啊,在审判日的烟雾里,
土地已成为过去,
我们是否回收海洋,将我们的话全然践行?"

---

① 出自《圣经·新约·启示录》第二十一章第一至二节:接着,我看见一个新天新地,因为先前的天和先前的地都已经过去了,海也不再存在了。我也看见圣城新耶路撒冷,从神那里、从天上降下来,已经被预备好了,就像为自己的丈夫装饰整齐的新娘那样。
② 在《圣经》中多次提及的神圣的超自然物,巨大、生有翅膀,在天主教神学中是最高阶层的天使之一。

那些兴冲冲，兴冲冲的水手们的灵魂高声歌唱：

"灾难骑着飓风追赶我们，叫我们卷起帆逃窜。

但我们之间的战争已有结果，

在深渊中，主已与我们见过——

我们把我们的骨头留给梭鱼，上帝把海赶往虚无之岸。"

接着，曾经背叛他的犹大的灵魂说：

"主啊，难道您已忘记您与我立下的盟誓？

我怎么还能如期

每年一次，去那块浮冰上冷却自己①？

如果您带走了海，就夺走了我蒙您垂怜的节日。"

接着，掌管海陆风的天使的灵魂说：

"（当这公牛嗓门的破坏者遁走时，是他勒住了雷霆）

我看护着，保卫着，在深渊里

镇守着您创造的奇迹。

如果您带走了海，就抹杀了我对您的崇敬。"

---

① 传说犹大受到惩罚，要一直被火焰炙烤，每年只有一次可以去一块浮冰上享受一天的清凉。

那些兴冲冲,兴冲冲的水手们的灵魂高声歌唱:

"不。我们脾气很坏,而且我们,是一个毛躁的民族。

如果我们在船上,一起干活,

一个万恶的天气,却叫她沉没,

难道我们就该像婴儿一样吵吵闹闹,好叫大海遭到报复?"

接着,被人丢出船外的奴隶的灵魂说:

"我们是颓丧的一群,被贩奴船囚禁着,像狗一样。

但您强壮的手臂,为拯救而来,

在浪尖上,触到了我们,我们懒洋洋地倚在

绵延的潮水上打瞌睡,直到您的号角撕碎了海洋。"

接着,性情耿直的使徒保罗向上帝哭诉:

"我们曾用绞缆捆起一条船,她行动迟缓,

浑身是伤。一共是二百八十人,

他们向您跪拜,对您祈祷,当他们

获悉了您的恩典与荣耀,在马耳他的海岸①。"

---

① 典出《圣经·新约·使徒行传》,保罗与一众囚犯被流放到意大利,途中遭遇船难,后来在米利大岛得救。米利大岛即后来的马耳他。

那些兴冲冲，兴冲冲的水手们的灵魂高声歌唱，
  弹着他们的竖琴，笨手笨脚地拨拉着：
    "我们的拇指又粗糙，又油腻，
    想找准这个调子，实在不容易——
  我们可否奏一曲深海水手歌，就像海员们常在海上听
    到的？"

接着，绅士冒险家们的灵魂说，
  因为犯下血腥的罪孽，他们的手腕被牢牢铐住：
    "嗬，我们在我们的枷锁里尽情欢畅，
    超越了西班牙悲伤的过往。
  管你升它或降它，离弃它或喝掉它，我们曾是大海
    之主！"

一个灰色的，戈德港捕鲸督导①的灵魂起身说道：
  （他曾在明媚的敦提港②船队里领头剥鲸鱼）
    "噢，耀眼的冰块，好近，好白，

---

① 戈德港是格陵兰岛的一个重要港口，以捕鲸业闻名。捕鲸督导就是检查和管理捕鲸船的巡查员。
② 苏格兰东部的港口。

一片清净被格陵兰鲸破坏，
你要灭绝它们，就因为它们在海里打滚，因为它们
　　调皮？"

那些兴冲冲，兴冲冲的水手们的灵魂高声歌唱，
　　喊着："在天堂，没有曲折的水道也没有避风的港口！
　　　莫非今后，我们必须永远歌唱，
　　　　在这无风的、光滑的镜面上①？
　　请收回你的金色提琴，我们要去开阔的海上奋斗！"

然后，上帝妥协了，他呼唤乖巧的海为他升起，
　　加固它的边界，使它代代传续，
　　　好像永远都嫌不够满意，
　　　　为了侍奉他，他们可以
　　以测量它来赞颂他，登上帆船出海去。

在它的面前，太阳、风和云不会退散，
　　激越的、轰响的浪花和自由的管鼻鹱，不会隐遁；

---

① 典出《圣经·新约·启示录》第四章第六节：宝座前好像一个玻璃海，如同水晶。

船只就将启航,
　驶向上帝的荣光,
他听到了愚蠢的水手之歌,把他们的海还给了他们!

一八九二年

深海锚索

残骸在我们头顶解体,缓慢地,遥远地,抖落他们的尘埃,
坠入黑暗,绝对的黑暗,那里是致盲的空白,赤裸的海。
没有声音,以及声音的回音,在幽深的沙漠里,
或在壮阔的,结满贝壳的锚索爬行的,灰色淤泥平原里。

在这儿,在地球的肋骨上——在这儿,在世界的子宫里,
语言,以及被人说出的语言,摇曳,飘荡,拍击——
悲痛,欢欣,警告,利益,还有致敬——
因为,一种力量扰乱了这无声无迹的宁静。

他们唤醒了不受时间约束的事物;他们杀死了他们的时间之父;
他们携手,在幽冥碧落之中,他们结盟,在日光终结之处。

肃静！人们在混沌的泥潭，终极的荒芜之上，为今天作决议，

一个新的句子闯入其间，曼声低语："让我们成为一"。

海夫人

这位夫人的住处,傍着北方的门户,
　　一位富裕的夫人;
她养育了一群男人,一个漂泊的种族,
　　将他们托付于海的幽深。

有些人沉入了海底,
　　有些人遥望着海岸,
给这位疲倦的夫人捎回只言片语,
　　而她所寄出的,大多有去无还。

因为这位夫人,既已拥有衣物、门窗,
　　炉灶、农田和庭院,
她便派遣她的儿子们,去收割迷茫,
　　那是一种痛苦的物产。

她派出她的儿子们，去耕作潮汐，
　　骑乘树木生育的马匹，
当他们，她的儿子们终于返回，
　　海的邈远尾随他们，化作无边的疲惫。

这位好夫人，她的儿子们在回家的时候
　　手中只攥着一点薄利，
但男人们的传奇，已经由男人们的舌头
　　传遍那些崭新的、赤裸的土地。

但男人们的信念，借着畅快的气息，
　　让男人们视彼此为兄弟，
男人们的眼眸，在展开的死之书卷里
　　被男人们读作生的字迹。

他们实在富有，富于许多奇妙的见闻，
　　但又贫穷，贫于人必计较的锱铢，
所以，无论他们用他们的牙齿咬住何种奇珍，
　　都会为了他们的牙齿再将之售出。

无论他们是否弄丢了赤裸的生命，
　　或者，是否实现了心底的渴望，
都会讲给疲倦的，在炉火旁打盹的夫人听
　　讲述他们所有的过往。

她的炉膛已够宽敞，足以用作舞池，
　　让阵阵轻风在其中旋弄白灰，
潮涨，潮退，在涨退的同时，
　　她的儿子们离开，又再返回。

（离去时，肩携巨量的欢乐
　　在无迹的道路上为欲望而兜转，
归来时，怀揣着满足守候他们所守望的，
　　以及，生命在爆燃之前释放的温暖）；

有些人的归途笼罩着失落的幽光，
　　有些人则沉入清醒的梦境，
那些湿漉漉的鬼魂，骑着粗陋的屋梁，
　　只求她能听见自己牧归的蹄音。

家啊。他们回家，

或生或死，从所有的港湾起锚，
这位好夫人的儿子都要回家，
　　只因她用祈祷牵动了他们的头脑。

一八九三年

海的礼物*

死掉的孩子躺进了寿衣,
　寡妇守在一旁,

---

* 这首诗作有一个奇特精致的形构。尽管诗人并未加以区分,但显然,在诗中出现的母亲共有三位:刚刚丧子的寡妇,寡妇的母亲,以及圣母(即寡妇吟唱的歌谣中出现的"玛丽")。诗中没有透露孩子的死因,这似乎也与诗的主旨无关,它指代的是一种普遍的无辜者的死亡(或耶稣之死的尘世副本),而孩童之死对于三个母亲显然具有三种不同的意义。穿过这道死亡的门户,孩子离弃了他的生母,却因其圣洁与无辜而归入了那神圣的母亲的怀抱。至于母亲的母亲,即那位"昏昏沉沉的母亲",则早已被苦难征服,像一个可悲的局外人,一个活死人。诗作展现了其中心人物即那位寡妇是如何被绝望的现实和虔诚的信仰从此岸和彼岸两端撕扯。诗的末节尤为动人,在"那死去的孩子滴落在她的胸膛"一句中,孩子的死亡以液态的形式与母亲的眼泪合为一物,这便是那"海的礼物"。在结尾处,年轻的母亲让自己作为一个孩子,作为另一个羊羔,在母亲身边死去,借由这一次的灵魂之死,这首诗作完成了它的环形结构,而除非无尽的悲伤令她的眼中涌出整片大海,否则人生于世,仍要在无休止的循环中不断被迫接受这种痛苦的馈赠。

她的母亲在沉睡,这片海峡已被清扫,
　　一阵大风对抗着海浪。

但做母亲的竟笑了,
　　"在这片海,我失去了我的男人,
孩子也死了。消停些,"她说,
　　"你还能对我做甚?"

寡妇守着死者,
　　蜡烛渐融,向低处流溢,
她试着唱那首引路的歌,
　　吩咐可怜的灵魂离去。

"玛丽带走了你,此刻,"她唱道,
　　"依靠在我心上的你,
玛丽抚平了你的婴儿床,在今夜,"
　　但她无法说出:"已逝去。"

接着,从海中涌来一阵号哭,
　　但海雾弄瞎了窗户,
"我听不到你的声音,妈妈?"她说,

"这孩子等着上路。"

这昏昏沉沉的母亲叹息着:
"荆棘丛中有一只产羔的母羊,何故
这个受洗的灵魂应该痛苦呼号,
它还不知罪孽为何物?"

"哦,脚,在我的手里握着,
  哦,手,在我的心上抓取,
他们怎样了解了要走的道路,
  他们怎样将门闩抬起?"

他们遮住了那扇门,
  那条小被子覆在上边,这也许
能避免寒冷和尘土的伤害,
  但哭泣不可能止息。

寡妇抬起了门闩,
  强睁着眼睛去探究,
打开遥对痛苦海滨的房门,
  好让这灵魂自由。

没有幽光也没有鬼魂,
　　没有火花也没有灵异,
"我听不到你的声音,妈妈?"她说,
　　"在黑暗之中,为我而哭泣。"

这昏昏沉沉的母亲叹息着:
　　"是悲伤把你变迟钝了,
莫非你还没有学会燕鸥的悲泣,
　　或者向随风飘荡的水鸟学习恸哭么?"

"燕鸥在内陆飘荡,
　　灰色的水鸟追逐着犁锄,
绝对不是一只鸟,我听到的那个声音,
　　哦妈妈,现在我听得清楚!"

"继续躺好,亲爱的羊羔,躺好;
　　这孩子已经过去了,从伤害之中,
从破坏了你的安宁的那阵剧痛之中,
　　和一个空掉的怀抱遗留的感受之中。"

她把她的母亲撇在一边,
　　"随便吧,凭玛丽的名义,
为了我的灵魂的平静,我必须走了。"她说,
　　于是,她往发出阵阵呼唤的海边去。

在被风侵袭的码头一侧,
　　虬结的杂草堆积其中,
她迎回了她曾经失去了一个小时的生命,
　　以此代替迎回一个幼小的孩童。

她将它放进她的胸膛,
　　然后回到了她母亲的身旁,
但是它不能喂养,也不能听她看她,
　　尽管她把自己孩子的名字给了它。

那死去的孩子滴落在她的胸膛,
　　而她自己却赤条条地躺在寿衣里;
"上帝宽恕我们,母亲,"她说,
　　"我们让它在黑暗中死去!"

　　　　　　　　　　　　一八九〇年

白　马[*]

你的驹子们聚在哪一块撒欢?
　你的母马们躲在哪一角哺乳?
在顶着冰冠的山中攀缘,
　或在藻海草[①]编制的毡上漫步;
寄身在图纸未标明的暗礁与海峡边,
　或沿着海岸排布的铁栅旁。
但最有可能,是踏进了身着一袭紫装
　与群星对望的海洋牧场!

---

[*] 喻指海浪拍击海面后迸溅的白色碎末,更喻指未被文明驯化的原生力量。

[①] 藻海,或译为马尾藻海,指北大西洋西印度群岛附近的一片海域。藻海草,指一种在藻海区域大量繁殖的、十分常见的浮游藻类。

握着你背后的缰绳的,是哪一位?

　　最终的狂风,我①的自由归他照看。
填在你的槽中的饲料,是哪一种?

　　全部的大海,永世嚼不尽的浩瀚。
在潮升与潮落的夹层之中,

　　坐落着雄伟的,储存新死的仓房,
直面我们的那些,存下他们的骨头,

　　逃离我们的那些,存下他们的心脏。

远远的,独个的,兀立于海面,

　　一匹种马,以雪鬃饲育雨燕,
发出饥渴的嘶鸣,讨要新的草料,

　　召唤我们投身于海流的翩跹,
百万只赤裸的马蹄雷奔——

　　将崩裂的山梁一举击沉——
疯狂的白马要冲破一切阻拦,

---

① 在这首诗中,部分诗节以问句开始,提问的对象即为"白马",因此,所有第一人称"我"或"我们"均是白马在回答提问时的自称。可见,在诗人的想象中,这首诗中的问与答出自两个声音,因此以字体区分,并且仅在回答的部分有并非十分严格的尾韵的要求。

向上帝索取它们的美餐。

我们的先锋狂野暴躁,勒紧潜藏在
　　喧腾的水域深处的肚带——
穿透了强有力的践踏诱发的迷雾,
　　席卷了在前方鼓吹阴风的亡灵,
一百个军事联盟顺着风向,齐头并进,
　　然而在深处,却动乱不休翻搅不停,
条条滚轴,发出声声呻吟,
　　向这片海域输送源源不绝的畜群。

谁竟敢伸手撕扯你的鼻孔?
　　揪住你的领鬃的那位,是谁?
他们甚至,还用壮硕的臀压制我们,
　　骑士们已经出生,英勇无畏,
他们在高处监视我们的交尾行为,
　　在我们奔跑的地方抛出绳圈套住我们,
他们熟知这些强壮的白马,从父辈
　　一直到子子孙孙。

我们在他们的摇篮边喘息,

我们和他们的婴儿赛跑，冲向海岸，
我们对着他们的房门喷着响鼻，
　　我们用鼻子蹭他们的门槛。
一整天，舰队猛烈逼压，
　　一整夜，畜群恣意嘶鸣，
上马吧，骑着那些睿智的白马，
　　去呼唤他们，将他们从恋爱中唤醒。

应你的召唤，他们来了吗？
　　没有任何人的才智能长存于世。
一片喧嚣，俯临父辈的坟墓，
　　他们听见，脱缰的白马嘶吼不止。
这些因我们致残的人的亲族，
　　这些被我们杀死的人的子嗣。
狂野的白马骑士，挥舞马鞭，甩动马刺，
　　给予畜群以前所未有的训示。

你们为他们付出了怎样的劳役，
　　喔，多疑的、强壮的骏马们？
我们留下，将弱者踢出集体，
　　谁也不敢在工作中出现差错，

尽管居所周遭已是十分拥挤，
　　我们脊背雪白的头领们仍在此巡逻。
在他们的战利品背后站岗，
　　以轻纱将他们的道路掩藏。

前行，然后掉头，继续前行——
　　被一股旋转向下的力主宰——
连散兵游勇都布好了战斗队形——
　　我们频频叩响那些被选中的岸台，
而他们对于我们的喧嚷不以为意，
　　轻描淡写，将来犯的生人抛上天空。
这些狂野的白马骑士们，平静地躺在
　　深藏于马桩内部的安宁之中。

*　　　　　*　　　　　*

信赖你们，那一个个凝结的空洞——
　　信赖你们，那阵嘶响的风——
信赖你们，那片呜咽的海潮——
　　我们的畜群紧紧追随你们！
碾碎你们敌人的军队，
　　冷却他的勇气，折断他的兵刃——

信赖你们，野性的白马
这些马匹隶属于神！

一八九七年

东西谣曲＊

东方是东方，西方是西方，尾碰不到头，二合不成一，
直到那一刻，天地齐出席，神灵做裁决，寰宇订新契，
除非既无东亦无西，让边界族群和出身，从此不再有
　意义。
两位强者彼此投契，世界尽头前来相认，面对面比肩
　而立。①

卡马尔带领他的二十名亲随，开拔进发，扫荡边境之边，
掳去上校的母马，架走了她，架走了上校的荣誉和尊严，
抬出马厩，抬上歧路，在黎明之后破晓之前，

＊　这是一首恶名昭著的诗作，长久以来因为其中的帝国主义色彩而备受争议，但也因为精湛的诗艺受到很多诗人的激赏。
①　可将这一段诗句理解为谣曲的唱词部分，与以下叙事部分相区别。

翻转了蹄上的铁掌①,骑乘她飞驰,远至天边。

上校的儿子,统率着部队的向导团②,他起身说道:

"难道在我的弟兄们中间,没有一个能告诉我,卡马尔躲去了哪儿?"

骑兵队长③的儿子,默哈迈德·汉,他起身说道:

"如果你摸得着晨雾中的那条小径,你就摸得到他的队伍在哪儿,

他这一个清晨进驻博纳尔,上一个黄昏突袭阿巴扎伊,④

但迟早,必得经过布克罗阿堡垒,返回自己的土地。

所以如果,你能快马加鞭,像鸟一样飞,

蒙主赐福,你就能赶在他们赢得佳盖之舌⑤以前,予以

---

① 一些军官或贵族会铸造带有标记的马蹄铁,卡马尔翻转铁掌,马的足迹就无法辨认了。
② 印度军队编制中的一种先头部队,主要由行动区域的当地人组成,因此能充作向导的作用。
③ 印度骑兵团中的一种军衔,若音译的话,可读作"雷萨尔达"。
④ 博纳尔和阿巴扎伊是旁遮普的两个区,相距大约四十公里。
⑤ 指开伯尔山口。开伯尔山口是兴都库什山脉最大和最重要的山口,位于巴基斯坦和阿富汗之间。山口长期具有重要的战略意义,经历了许多历史事件,曾是英国控制阿富汗边境与附近好战部落的重地。"佳盖之舌"是吉卜林生造的短语,佳盖典出印度教经典《圣典博伽瓦谭》,佳盖与玛戴是两名堕落为悍匪的婆罗门子弟,最后为神明宽恕。此处用以指代开伯尔山口,大约意在喻示这里是亟须拯救的险恶之地。

截击,
而一旦他们得以通过,无疑地,在那一边,他们将迅速远离,
那里纵横铺陈着一片可怕的平原,卡马尔的人马撒播遍地,
朝左是石头,朝右也是石头,其间斜倚着低矮的荆棘,
有时,你看不见人,只听见拖动枪栓的声音[①],像刻刀划过荒寂。"
上校之子,拍马而去,作为一名讨债者,他的手段生疏,
工具是敲丧钟的嘴,下地狱的心和绞刑架的头颅。
他抵达了己方占领的要塞,人们想宴请他,要他留下来,
可他正在追踪那伙边地土匪,不愿在餐桌旁久坐等待。
他登上了,然后离开了布克罗阿堡垒,快得像在飞,
待到他眼见父亲的母马,就在佳盖之舌的腹腔之内,
待到他眼见父亲的母马,背上甩动着卡马尔的双腿,
当他远远觑见她闪烁的眼白,他甩手开枪,爆出脆响。
他打了一枪,再打一枪,但呼啸的子弹却迷失于天地之深广,

---

① 旧式栓动式步枪在开枪前必须先拉枪栓,然后再扣动扳机击发子弹。

"你已经像个战士一样开了两枪,"卡马尔说,"现在,给我看看你的骑术。"

这场追逐戏码将喧嚣注满佳盖之舌,一路上,飘扬着魔鬼的尘土。

那债主,他飞奔,强壮如十里挑一的牡鹿;可那母马却轻盈如未育的牝鹿。

那债主,对着马嚼俯下身,猛击马头催促其赶超仇敌,

但那匹红色的母马却优雅地叼着衔铁,正如矜持的少女将手套紧攥在手里。

朝左是石头,朝右也是石头,其间斜倚着低矮的荆棘,

一共三次,他听见拖动枪栓的声音,像刻刀划过荒寂。

他们骑着初升之月,径直奔出天际;奋蹄击鼓,将黎明唤起。

那债主像一头受伤的公牛,那母马却像一只初醒的小鹿。

终于,他被一堆可悲的石块绊了一跤,仆倒在水沟里,于是,卡马尔掉头返回,解除了这堕落骑士的武装,

打掉他手里的枪,即是说,夺去了他曾握有的那点抵抗的余地,

"看来,在咱俩中间,我是赢家,"他说,"不曾想,你竟能如此久追,

这二十里地没有一块石头,也没有一个树丛,在这里,

包括我们自己的人在内,没有谁能出色地使用他的步枪和他的双腿,

但若是我曾抬手放任我的缰绳,虽说我一贯将它压得很低,

那些窜得飞快的豺狼都会前来赴宴,成群结队,疯掠狂食,

若是我曾将我的头垂在胸口,虽说我一贯让它高高扬起,

那只在我们头顶尖啸的鹰隼就会扑下来狼吞虎咽,直到无法起飞为止。"

上校之子轻蔑地回答他:"那么来吧,就当为禽兽办点好事。

不过在置办宴席之前,你先算计清楚,要拿谁来充作桌上的肉。

即使接下来,你将我千刀万剐,剔掉我的每一根骨头,

恐怕,要让一头饿狼饱餐一顿,那代价也超过了一个土匪的偿付能力,

这些土匪,用田地里的庄稼喂他们的马,用谷仓里的粮食喂他们的人。

宰光了所有牲口,还要再放把火,让牛棚上的茅草也出点力。

但是,如果你已深思熟虑,觉得价钱公道——你的弟兄们

都等着入席,

卑鄙小人和狼崽子是亲戚——嚎几声吧,狗东西,叫它们快点来,别落后。

如果你再三考虑,觉得代价太高,那就掌好舵,转几圈,掉个头,

把我父亲的母马交还给我,我也会返回去,回归我自己的战斗。"

卡马尔一把揪住他,拽过来,让他坐在自己脚边。

"这是豺狼和灰狼的聚会,"他说,"没有狗在此发言,

如果你的子弹打伤了我,那现在,可能我的嘴巴或鼻子已经塞满了泥。

是什么让你为了一个可笑的理由,越过长矛构筑的防堤,

奔赴最后的黎明,急于兑现死亡,竟没有一丝犹疑?"

上校之子轻蔑地回答他:"凭着从家族承袭而来的血,我起誓:

拿回母马,作为献给父亲的礼物——神啊,她竟然驮着一个男人高飞远驰。"

那匹红色的母马跑来上校之子的身边,用鼻子在他的胸口嗅着、蹭着。

"我们是两个强壮的男人,"卡马尔说,"但她无疑更爱年轻的那一个。

所以,她会走的,带着一个土匪给的嫁妆:我的镶嵌了绿松石的马缰,

我的绣有花边的马鞍和鞍垫,再加上一对银质的马镫。她会跟你回家。"

上校的儿子捡回他的手枪,将枪口掉转向下,

"你给自己减去了一个仇敌,"他说,"那么,你是否愿意再交一个朋友?"

"礼物,要用礼物酬谢,"卡马尔紧跟着回答:"臂膀,须以臂膀报答,

你的父亲把他的儿子送来给我,我也要将我的儿子回赠给他。"

于是,他唤来他的独子,一声呼哨像一滴飞沫,落入群山层叠的峰浪,

他来了,踏过石南草丛,一头春天的雄鹿,英挺如一杆松弛的矛枪。

"现在,这人是你的主子了,"卡马尔说:"他统领着一个向导团,

你要跟随他,在他的右边骑行,就像一面盾牌挂在骑士的臂膀,

直至我,或者死亡,为你解开这道约束,在床榻间,在营地里,在甲板上。

你的性命是他的,你的使命是守护他,用你的智慧和精神,
所以,你得吃那个白人女王的皇粮了,她的一切敌人都是你的敌人,
为了边境的和平,你必须夺去你父亲的权杖,
你必须在自己身上,铸造一种军人的坚韧,你必须劈棘开路,投奔力量,
或许当我在白沙瓦①被绞死的时候,他们已经提升你为骑兵队长。"

他们在彼此的双眼中望见彼此,彼此冰释前嫌。
他们立下誓言结为血盟兄弟,凭着面包和咸盐,
他们立下誓言结为血盟兄弟,凭着鲜草和火焰,
凭着主的圣名,凭着手中的开伯尔长刀②和佩剑。
上校的儿子骑着他的母马,卡马尔的男孩,是他讨回的债,
两人结伴,返回布克罗阿堡垒,在那里,其中一人曾独自离开。

---

① 巴基斯坦西北边境省首府。
② 阿富汗出产的一种刀具,形制很有特色。

他们招募了一队护卫,满满当当二十把尖刀,整整齐齐在空中翻飞,

没有例外,每个人身上都写着一段宿仇,涂满山地人的血泪,

"来吧,来吧,"上校的儿子说,"举起你们身旁的利刃,事不宜迟,

昨晚,你们遭了土匪的祸害,今夜,你们成了向导团的勇士!"

东方是东方,西方是西方,尾碰不到头,二合不成一,
直到那一刻,天地齐出席,神灵做裁决,寰宇订新契,
除非既无东亦无西,让边界族群和出身,从此不再有意义。
两位强者彼此投契,世界尽头前来相认,面对面比肩而立。

房 子

(一首主权之歌)

在我的房子和你的房子之间,道路很宽,
在你的房子或我的房子之内,有半个世界的财产。
整个世界的命运,在我的房子和你的房子边悬着,
半个世界的仇恨,在你的房子和我的房子上摆着。

我们不能,为我的房子和你的房子,寻求帮助,
以挽救你的房子和我的房子——亲族决裂,人心不古。
如果我的房子被夺走,不久,你的也会倒掉。
如果你的房子被没收,很快,我的也将不保。

在我的房子和你的房子之间,哪里说得出
什么统治或领导,服务或俸禄?
从我的房子到你的房子,没有

更杰出的能从你的房子派往我的房子——朋友宽慰朋友,
从你的房子到我的房子,没有
更公正的能从我的房子带去你的房子——王侯辅佐王侯。

一八九八年

锡 安＊

那些锡安的看门人
　并非始终凝立，
托庇于重盔及厚铠，
　手中紧握长戟，
但，对于锡安，以及她的一切奥秘，
　他们笃信不疑，
在锡安，他们有时小憩，
有时微笑，静坐如饴，
唉，有时甚至调笑无忌，
　在锡安，他们轻松自如，一切随意。

＊ 即指犹太教圣山锡安山，是耶和华的居住地，也是他立大卫为王的地方。后来，在耶路撒冷南部的一座大山也被命名为锡安山。因此，这个名字在之后便常被用来指称耶路撒冷。

那些巴力①的守卫者,
  他们不敢坐下或稍息,
只能在恼怒,焦急,
  口沫横飞和诅咒谩骂间摆正姿仪,
他们被巴力所约束,
  徒劳地履行着他们的义务,
省却了必要的休息,
为巴力,他们怒目圆睁,气喘吁吁,
为巴力,他们徒费口舌,咆哮不已,
  他们陷于痛苦之中,只为巴力。

我们将去往锡安,
  自愿自发,不必经由恐惧,
携着我们现世的死亡
  还有我们现时的伴侣,
我们将得到自由,在锡安,
  与一同追随她的兄弟们,分享友谊,
在锡安,我们坐下来,纵情飨宴,

---

① 古老的迦南宗教的主神、太阳神、雷雨和丰饶之神,时代远早于犹太教,在犹太教出现之后,则被犹太教徒视为恶魔。

在锡安，我们站起身，畅怀于觥筹之间，
在锡安，无论什么样的酒杯
　都将取悦我们的双唇，为我们盛满甘甜！

　　　　　　一九一四至一九一八年

希腊颂歌

我们如此熟悉,你那古老的过去,
 哦,愿神性复苏,重铸荣誉,
以你眼中的神光
 和你剑上的辉芒。

我们战死沙场,栖身于墓穴之中,
 再度昭彰你的英勇,
仿佛我们又一次迎回了你,
 致敬,自由!致敬,独立!

长久以来,你将住所设在
 哀怨的人们中间,
为某种声音,翘首等待,
 等待一声召唤,叫你重返故园。

啊，慢些戳破，对那光荣日的期盼，
　　但事实是，无人胆敢放声叫喊，
因为暴政的阴影
　　正笼罩在所有人的头顶。

我们看到，你的目光充满悲伤，
　　当希腊的鲜血浸没
你洁净的衣裳，
　　你的泪水从脸颊滑落。

可是瞧啊，你的孩子们
　　如今正冲锋陷阵，
将不屈的勇气注入猛烈的呼吸，
　　若不得自由，便宁愿死去。

我们战死沙场，栖身于墓穴之中，
　　再度昭彰你的英勇，
仿佛我们又一次迎回了你，
　　致敬，自由！致敬，独立！

　　　　　　　　　　一九一八年

退场诗*

我们祖辈敬奉的上帝,自古闻名,
  我们旷远绵延的战线,由你主宰,
在你威严的手底,我们受命
  统治棕榈与松柏——
万军之主①啊,请与我们同在,
  以免我们忘怀——以免我们忘怀!

喧哗与骚动终归寂灭,
  长官与国王驾鹤西行:

---

* 即指在礼拜仪式结束后,唱诗班将退场时所演唱的赞美诗。这首诗作是吉卜林诗歌中的名作,系为维多利亚女王的纪念庆典而创作,但表达的却是一种与之极不相称的、彻骨的幻灭感。

① "万军之主"(Lord of hosts)即指上帝,这一称呼出自一六一一年英皇钦定版本的英文《圣经》。

你古老的祭品仍旧在此陈列，
　　一颗谦卑和忏悔的心灵。
万军之主啊，请与我们同在，
　　以免我们忘怀——以免我们忘怀！

我们的舰队，在遥远的呼喊中消融；
　　熊熊的战火，在沙丘和岬角上熄灭：
瞧啊，所有我们往昔的光荣，
　　都被归入尼尼微和推罗的行列！①
请饶恕我们，万国万民的仲裁，
　　以免我们忘怀——以免我们忘怀！

如果，我们陶醉于权力的幻影，
　　放任野性的舌头，逾越对您的恭谨，
口吐狂言，像异教徒惯有的劣行，
　　或是不知法律为何物的小族蚁民。
万军之主啊，请与我们同在，

---

① 尼尼微是古代亚述帝国的都城，意为"上帝面前最伟大的城市"；推罗是腓尼基的海港，为古代东方世界著名的商业城市。两者都是伟大的古代文明的象征，在此意指已经永远逝去的不可复现的辉煌。

以免我们忘怀——以免我们忘怀!

为了未开化的心灵,它只信赖
　　冒烟的枪管和纷飞的钢珠,
为了在尘埃之上筑城的,所有勇猛的尘埃,
　　他们只求自保,却不呼求您的保护,
为了疯癫的大话和愚蠢的妄语——
　　您的子民求您怜悯,啊,上帝!

一八九七年

战争墓志铭

"献祭之平等"

甲:"我是有。"乙:"我是有的否定。"
(合)"你正献出什么我没有献出的祭品?"

一个仆人

战前我们早已相伴,战事兴起我们相依。
他是我称职的仆人,作为男人更了不起。

一个儿子

我的儿子在因某事大笑时被杀死,我很想知道
那是什么事,它或许能在我笑不出来时逗我笑。

一个独子

除了我的母亲,我的杀伤为零。
她(为害死她的人祈祷着)死于因我而生的痛心。

前职员

别怜悯!这胆小的奴隶,
军旅给他自由,解他拘役。
向这自由,他认领
力量,意志和心灵;
借这力量,他亲证
热爱,欢乐和赤诚;
因这热爱,他投奔死亡,
满足地躺在死亡的榻上。

神　迹

我全身心地服从于
严厉的训导,并敞开身躯

接纳一种新的精神。
假如必有一死的凡人
能一次次将我翻新，
还有什么，是上帝所不能践行？

印度士兵在法国

此人在自己的故土，向我等不解的什么东西祈求加持神力。
我等同样为他祈求，求它们赐给他在吾国吾乡搏命的勇气。

懦　夫

我不能旁观死亡，他正显身以示众人，
他们领我走向他，蒙上双眼孑然一身。

休　克

全忘了：我的名字，我的言语，我自己。
我的妻儿来探望我，我却不认识不欢喜。

我一死,母亲也跟着死去。在她的怀里,
全凭她的呼唤,我才重新忆起一切往昔。

开罗附近的一座坟墓

尼罗河的众神啊,这里有个又胖又矬的死鬼,
走开吧,离他远点!他不知羞耻也不懂敬畏。

荒野中的鹈鹕

(哈勒法附近的一座坟墓)

风沙掩埋了我,因此无人能够知晓
我的所在,以供我的子女哀悼超度。
飞吧,在黎明时分挥舞翅膀,你启程返巢,
不等入夜,就能越过沙漠,飞临你的幼雏。

两个加拿大人的纪念碑

1

我们全无保留,将缴获的一切进献,

谢绝了哀悼,清退了荣誉。
唯不可撤销者,仍在万物之中重现:
非是死神的杀戮,是恐惧。

2

从一个遥远岛屿上的小镇,我们启航,
为了挽回我们的尊严和这个世界的荣光。
在一个遥远岛屿上的小镇,我们长眠,
只盼我们为你们赢得的世界能亘古不变。

优 待

死神打一开始就待我不薄,知道我早已不耐
  一天天等他眷顾,就在帮那些个优胜者解脱后如
  期而至。
在原野上呼啸,并且在自证家门后对我表态。
  "你的路走到头了,"他说:"但至少,我会给你
  留下一个名字!"

新　兵

那是本人的第一日，第一小时，
　　在前线，我从战壕的边缘跌落。
(一群在盒子里面嬉戏的孩子
　　纷纷起身，见证了此事的经过。)①

皇家空军（十八周岁）

笑声穿破云层：是这个乳牙未落的小子，
　　他从空中，向下方的城市和人群投递死。
事情办完以后，他又回到他的游戏之中，
　　天真无邪，孩子的一面像归潮退返心胸。

斯文人

我心思机敏，步步为营，为欲望趟平道路。

---

① 原文如此，但考虑到战事前线不应有孩子玩耍，更何况在盒子（或箱子）里玩耍更显诡异，因此译者以为这里的 boxes 应该是棺材的隐晦说法，在盒子里玩耍的孩子应指亡灵。

我深谋远虑,弃绝凡务,为目标恣意杀戮。
求快活有何错?但愿人人受审,依行论处!
我,已遵适用条款,用我的性命清偿债务。

运水的土著(驻中东部队)

普罗米修斯把火从上边带下来,
　这家伙把水从下边送上去。
众神的疑心病又犯了——现在
　一如当年。一毛不拔的铁公鸡!

伦敦大轰炸

在陆地和海洋我都时时警惕,勉强
避开戎马刀兵,不料它竟从天而降!

困倦的哨兵

我看守的,我并不信仰:现在,没什么需要看守了。
因为睡觉,我被杀死了:现在,被杀的人可以睡了。
别叫人再责备我,无论如何,这一班岗已经站完了。

我睡了因为我被杀了。他们杀死了我因为我睡着了。

弹药补给小组

若有人一定要在车间里哀悼我们,请念悼词:
他们之所以去死,只为获得他们的轮休假日。

惯　例①

若有人问起,我们为何投奔死亡。
告诉他们,因为我们的父亲说谎。

一个死掉的政治家

我不能去偷,我不敢去抢:
所以只得撒谎,取悦群氓。
如今,所有谎言都已搁浅,
我必须与我害死的人直面。

---

① 据说这首诗和诗人的儿子约翰有关。约翰在第一次世界大战中战死,而他的眼睛高度近视,本来不符合参军的条件,但吉卜林大费周章,疏通许多门路才将儿子送上了那将会夺走他性命的战场。

说个什么故事，才能助我
熄灭这班受骗青年的怒火？

反叛者

如果在你的门前，我曾呼求生命，
　一力陈情，愿亲赴尘世，
披荆斩棘，挤过万千等待的魂灵，
　争先投生，恨不能插翅，
即使，即使，人生的路途遍布陷阱，
　我主啊，你竟惠我至此，
我，唉，我轻侮了你的照拂与恩情，
　在尚未加入死者行列之时。
但如今？……那时宿命之星未至，
　我的命运还在你的掌底潜伏，
如今，那颗星已过境多时，
　我出庭，为我施加于你的耻辱。

顺服者

每天，尽管从未被神耳俯听，

我的祈祷袅袅飘升。
每天，尽管从未被神火照临，
我仍献出我的牺牲。
尽管黑暗已不再掀起帘幕，
尽管面前再无光明的可能，
　　　尽管，神从未赐福
　　　　　这个灵魂
依然照旧，在神的脚下匍匐。

驶离塔兰托港的拖网渔船①

他来自风如利刃的北方，驾驶他的航船，指挥他的同伴，
　　四下搜寻网罗，须用空无孵化的死亡之蛋。
在找到并打捞了许多之后，这一特种渔业终结于火焰，
　　生者呼吸太过嘈杂，终被眼尖的雷达发现。

---

① 英国皇家海军在战时曾征用拖网渔船，本诗中的渔船是一艘扫雷船。这首诗中渔船搜寻水雷，也被敌人的雷达搜寻，形成了一个回环。

两艘相撞的驱逐舰①

命运划定的线路和大雾散布的迷障,
没有任何一道咒语,能扭转或照亮。
我死得匆忙,急不可耐去迎娶我的新娘,
我被海吞噬,断送在我最好的朋友手上。

护航舰

我是海上的牧者,放牧一帮蠢货。
　他们的英勇和怯懦一样毫无来由,
莽撞糊涂,违背了我制定的规则,
　他们倒能脱身,我却被死神强留。

无名女尸

弄丢了头颅,手足全失,

---

① 在这首诗中,两艘驱逐舰形成了一对镜像,"我"可以是一位死者,也可指其中任何一艘舰艇,而"新娘"和"最好的朋友"均从这种对偶关系中获得两重喻义:新娘既喻指死亡,也喻指另一艘驱逐舰;好友则既喻指另一艘驱逐舰,也喻指海洋。

我的着陆,太令人心惊。
恳请所有,女人的儿子,
务必知晓我也做过母亲。

暴行与报复①

一个用过我又杀了我:边上还站着一个
看我如何给人蹂躏,这罪行绝对抵得上死一百次。
非如此报应,这些野蛮的东道主才会懂得
一个生来自由的女人,她的清白之躯有多少价值。

萨洛尼卡墓地

眼看着,千万个日子
龟速推移,爬进夜晚。
现在,我,也,如此,
随之缓缓,落入黑暗。
热病发作,非在战时,
杀我,未费一枪一弹。

---

① 该标题为"Raped and revenged",即强奸与复仇,但考虑到两个词的第一个音节读音一样,这一因素不能忽略,因此从权,译为"暴行与报复"。

新　郎

亲爱的，不要叫错我的名，
哪怕，从你那不为人知的心胸，
溜走了，那么一丁点光阴，
哪怕我歇息，在另一个怀抱中。

因为此刻，我冰冷地拥着的
是这个更老，且更古老的新娘，
她在我这一边，位属永恒者，
唯有你的面容，才能叫她退让。

你与我的婚姻，被长久搁置，
由于幸福的奇迹，总不断推迟。
但最终的时刻，必使它圆满，
我们的结合，如天地，不可拆散。

我们将继续活着，在记忆之国，
看似仍有望，被生的力量治愈。
在虚无中，不熄的意念星火，

令死之不朽,玉成你我之不渝。

VAD(地中海区域)①

唉,快艇到不了那里,
所以,未能救起这年轻的处女,
她被溺毙,在爱琴海冷峻的巨石之间,
既没有子女,也没有伴侣
哀悼她,祈求天国的垂怜,
而那些异教徒,虽在她的看护下痊愈,
蹚过病痛,驾着小舟归返家园,
但他们于她能有何益?

演 员

(在圣三一教堂里的一块纪念碑上,
埃文河畔的斯特拉特福②)

为了你们的欢娱,我们曾粉墨登场,饰演

---

① VAD 指"志愿援助救护队",一个公益的人道组织。
② 埃文河畔的斯特拉特福是莎士比亚的故乡,大约正因如此,这首诗才以"演员"为题。

别人的喜悦与哀伤:但是我们的日子已归尘土。
我们乞求你们,原谅我们不足与不当的表现,
毕竟在命运剧终以前,我们一直是你们的奴仆。

新闻人

(在新闻行业协会的大厅墙面上)

我们每天服役,现今期限已满。①

一九一四至一九一八年

---

① 这组诗中许多诗作都有关联,最后两首诗除了均以"在……上"作为副标题以外,诗句本身的联系无法在翻译中表现,因此在此稍作说明。"演员"的核心词汇是"our day"和"servant","新闻人"的则是"our day"和"sevice",将这样两首诗用作这首描摹死亡的"大诗"的尾声,可视之为对人类荒谬的命运做出了一个总结。《战争墓志铭》的最后一部分诗作似已与战争无关,而是转向了普通人的生命:凡俗的尘世生活和战争,无论哪一个是"有",哪一个是"有的否定",最终都将人——它们的祭品,摆在了同一张祭台上。

"特雷德潜艇" *

它们忍耐着,为了无愧于
　　它们皮肤上的尊贵的名字、数字和标语,
它们玩着可怕的蒙眼游戏,
　　在那些小小的锡铁罐子里。
　　有时,它们追踪齐柏林飞艇的影子,
有时,它们探测埋设水下地雷的地方
　　或者波罗的海冰层薄弱的位置。
这就是"特雷德潜艇"的日常。

---

* 原文为"The Trade",是服役于英国皇家海军的一种潜水艇的名字,"trade"可表示交易、贸易之意,在这里为避免歧义,采取音译。这首诗和下一首《铁鱼》都出自吉卜林于一九一六年出版的诗集《海上前线》。

战利品法庭①很少因为他们而开张。

　　他们不常拖回他们的目标。

他们盯着某些秘密的对象，

　　上上下下，远离冲突和纷扰，

　　当它们准备好起航，

没有飘扬的旗帜，不会比

　　剪一撮羊毛更张扬。

这就是"特雷德潜艇"的礼仪。

侦察艇的排气管使劲向身后

　　喷火，在瑞典领海划出显眼的印迹。

巡洋舰轰鸣的螺旋桨大声嘶吼，

　　宣布她出航与回航的消息。

　　但只有蜡制的小船

才会明示独眼的死神所到之处，

　　要不就是滋滋响着融化的奶油圈。

这就是"特雷德潜艇"的风俗。

他们的渴望，他们的名声和他们的财产，

---

① 战利品法庭是一种在战争时期专门裁决战利品归属的法庭。

被他们的近亲掩藏在背后，
没有热心公众的支持，或是责难，
　　没有媒体把他们的历险登在上头。
　　（审查官不可能允许！）
当它们归来，从一次突袭或一次航行，
　　听不到他们的功绩，看不到他们的胜利。
这就是"特雷德潜艇"的命运。

一九一四至一九一八年

"铁鱼" *

这些船，在明处想毁灭我们，
在暗处想诱捕我们，
我们上升，我们下沉，我们游移，
在死神的胃里。

这些船，有一千只眼睛放着光，
盯住我们出现的地方，
当归乡的风为我们而起，
海港的欢笑已葬于一片死寂。

一九一四至一九一八年

---

* 原文"Tin Fish"，俚语中指鱼雷，在本诗中更可能意指潜艇。

"毛茸茸"*

（苏丹远征军，大战前期）

在海的另一头，我们曾与许多人交战，
　　他们之中，有的十分勇猛，有的则不然：
帕坦人①、祖鲁人，还有一些来自缅甸，
　　可那毛茸茸的在这许多人中最善战。
在他那里，我们从未讨到半点便宜，
　　他蹲在低矮的树丛里割伤我们的马蹄，
我们在萨瓦金②的哨兵被他一刀劈倒，
　　他玩弄我们的部队，就像弹琴或是逗猫。
　　　敬你一杯，毛茸茸，在你苏丹的家中！

---

* 苏丹勇士，因其特殊的发型而得到这样一个绰号。
① 指当时生活在印度西北边境地区的山地居民，目前主要分布在巴基斯坦和阿富汗两国境内。
② 指苏丹的一个海港，坐落在红海海畔。

> 你是个未开化的异教徒,但也是第一流的战士。
> 如果你需要一个签章,我们来给你认证。
> 无论何时,只要你划下道,我们就陪你找乐子。

在开伯尔山上,我们把自己置于死地,
 布尔人在一英里开外锤得我们眼冒金星①。
缅甸人送给我们一阵伊洛瓦底寒栗②,
 祖鲁武士拿我们当菜,摆盘摆得很有型。
但和那毛茸茸的喂我们吃下的苦头相比,
 诸如此类的一切都是稀松平常的游戏。
报纸上说我们掌控了局面,气势很盛,
 但若是人对上人,那毛茸茸的打得我们号出声。

> 敬你一杯,毛茸茸,连同你的孩子和老婆;
> 我们的任务就是打垮你,我们当然得这么做。
> 我们用马提尼③泼了你一身,这也没什么不公平;
> 一切都对你不利,可是毛茸茸,你还是攻破了

---

① 在一八八一年的马尤巴山战役中,南非的布尔人凭借高超的射术击败了英国军队。
② 伊洛瓦底江是缅甸境内的第一大河,"伊洛瓦底寒栗"原文为"Irriwaddy chills",指的是曾在马来亚地区流行的一种热病。
③ "马提尼"为双关语,既指马提尼酒,也指在一八七一年至一八八八年间英国军队普遍使用的马提尼-亨利来复枪。

我们的阵形。

他从来没能让报纸为自己做过报道,
 他没有赢得勋章,也没有获得酬劳,
但我们不得不做个见证,为他所展示的技巧,
 当他用修长的双手舞动战刀:
他在灌木丛中跳进跳出时,
 背着他的棺材盖盾牌和铲子长矛,
在遭遇战中,和毛茸茸共度的一个幸运日,
 足够让一个健壮的汤米①受一整年的煎熬。
 敬你一杯,毛茸茸,你的朋友们已不在生,
  我们本来也会帮你哀悼,要不是我们失去了许多同伴。
  但给与取是一种原则,我们的交易终会平衡,
  你们的伤亡比我们更大,但你们攻破了我们的军团。

当我们开火的时候,他冲进烟尘背后,
 在我们察觉之前,他已经砍下了我们的头。

---

① 代指英国士兵。

活着的时候,他是炽热的沙和火辣的姜,
    当他死去,他的死也是一个伪装。
他是一朵雏菊,他是一个爱人,他是一只羊羔,
    每逢狂热发作,他就是一个橡皮白痴,
他在世上绝无仅有,没给大英步兵团得到
    一丁点像样的零食。
        敬你一杯,毛茸茸,在你苏丹的家中举杯!
        你是个未开化的异教徒,但也是第一流的战士。
        敬你一杯,毛茸茸,你的头发乱得像个草堆,
        你这大块头,你这黑叫花,你冲垮了大英帝国
            的阵势!

老 兵

(为在艾尔伯特音乐厅举办的
印度叛乱①幸存者集会而作)

今天,几个令人惊诧的年头
从我们父辈的坟墓中穿过,揭示了
在被不顾一切的主人用钢铁清洗过之后,
我们的东方还剩余些什么。

欢呼,然后告别!我们在这里迎接你,
含着不会被任何人嘲笑的眼泪——
你,或是看护过那些古老的宅邸,
或是担任着我们出生地的守卫。

---

① 所谓"印度叛乱",实质是指爆发于一九〇六年的印度民族独立运动。

既然一个理应为多个服务，我们敢于吁求——
请为我等祈求，英雄们，祈求
当命运使我们的使命落在我们的肩头，
我们没有令这个日子蒙羞。

一九〇七年

死　床*

"国家凌驾于一切法律之上，
国家仅仅为国家自身而存在。"
（这是一种腺体，在下颌背面生长，
在贴近锁骨的地方，相应地凸起一个硬块。）

有人死在一颗子弹的终点，死得安静，
有人在瓦斯和火焰中死去，死得吵嚷，

---

* 本诗形似由三股线拧成的一根绳。第一股是加引号的部分，显然是一些政治人物的名言，极具历史气魄，遗憾的是译者眼界有限，未能一一查证出处，其中"君主的意志，就是最高的法律"一句原文为拉丁文，恩格斯在一封信件中提到一八九一年德意志帝国皇帝威廉二世曾在慕尼黑市政厅的留言簿上写下这句话；第二股是以"有人……"起头的数个诗节，是一个站在局外的叙事者发表对死亡的看法；第三股似乎是一位医生对即将死去的绝症患者及其身边的人所说的话。三重唱式的结构制造了令人难忘的悲剧效果。

有人铤而走险,在一条钢丝上送命,
有人死得太过突兀。而这次并不一样。

"君主的意志,就是最高的法律。"
(遵循一套有条不紊的程序,扩散到咽喉。)
有人被破碎的甲板刺穿身体,
有人死在船与船之间,被海水浸透。

有人死得扣人心弦,被死亡制版付印,
发行流通出去,让他们的朋友都听到消息,
有些人的死,半次呼吸之间就尘埃落定,
有人却被纠缠着,半个年头也望不到死期。

"在生命之中,没有善也没有恶,
只需要听从国家的命令行事即可。"
(即便现在开刀也实在太迟了,
减轻你的疼痛,这就是我们唯一能做的。)

有人死时胸怀信与望,伴着神圣的气氛——
有人却是这样,死在监狱的院子里——
有人死于强暴和捆绑,身体破损,
有人死得很轻松。而这回实在不易。

"我要把挡我去路的人撞成碎块。
把不幸甩给叛徒！把悲痛丢给弱者！"
(让他把他想说的话写下来。
勉强讲话会使他疲倦，受尽折磨。)

有人死得很平和。有的人
喉头塞满了自我怜悯的喊叫。另有些人死时
只顾向病榻周围散布糟糕的气氛……
这次的死是一种更加体面的死。

"这场战争是我的敌人强加给我的，
我的全部要求，不过只是生存的权利。"
(不过三倍剂量，没什么大不了的。
疼痛已和我们输进去的药物一半相抵。

看这里这堆针头。看啊。他已死去，
就在药物的麻醉作用还在持续的光景……
他用他的眼睛提出了一个什么样的问题？——
是的，在至高之处，上帝在等你，一定。)

一九一八年

如 果

"与正直的人为伍"
——《报偿与仙灵》①

如果你能保持理性，当你
　身边所有人都已失去它，并为此指责你；
如果你能信任自我，当所有人都质疑你——
　但还要给他人留有质疑你的余地；
如果你能等待，且不会倦于等待，
　即使被谎言包围，也不亲口炮制谎言，
即使受人憎恨，也不让憎恨进入自己的胸怀。
　还有，切勿眼中尽善好，尤忌出口皆箴言。

---

① 《报偿与仙灵》是吉卜林于一九一〇年出版的短篇故事集，《如果》原本便收录在这本书里。

如果你能做梦，且不受梦的支使，
　　如果你能思想，且不止步于思想，
如果你能在功名与不幸到来时，
　　将两者同样视为虚妄的幻象，
如果你能承受，你说出的真相被
　　卑鄙地扭曲，借以诱使愚人中计，
或者目睹你置于生命中心的事物，被粉碎，
　　只默然躬身，操着残破的工具重新建起。

如果你能留住每一次你赢得的，积少成多，
　　也能冒险孤注一掷，押上所有积蓄，
输了就重新开始，一次次反复来过，
　　呼吸之间，从未流露一个有关失败的词语；
如果你能驱策你的心，你的神经和体力，
　　坚守你的岗位，当人们早已离去，
一直守着，直到所有一切都将你遗弃，
　　除了你的意志，它一直告诉它们："坚持下去！"

如果你能与平民聊天，而不降低你的品格，
　　或者与君王同行，也不丢失你的本色，
如果无论敌人或是亲密的朋友，都不能伤你分毫，如果对于你，所有人都有价值，但没有谁过于重要；
如果你奔跑着，以货真价实的六十秒累加，冲抵
　不留余地的一分钟面值，
世界是你的，其中的每事每物属于你，
　而且——更重要的是——你将是个男子汉，我的儿子！

玛丽之子

若是你不问个究竟,你将得到怎样的酬劳
　以及,他们怎么能保证你的面包和棉衣,
威利,我的儿子,你可别往海上跑,
　因为,海永远也不会需要你。

若是你坚持,对每道命令都要问个究竟,
　还要和你周遭的人为此争辩,口齿如刀,
威利,我的儿子,当你经过陆地时,千万别停,
　因为,在陆地上没有你,只会更好。

如果你停下来,思考你做过的事,
　并感到自豪,只因你的劳作有价值,亲爱的,
天使将为你而降临。威利,我的儿子,

但在这尘世中,你将永远不会被需要,亲爱的。

一九一一年

特鲁·托马斯的最后一曲*

神父和圣杯,都被唤来了,
　　马刺和佩剑,已经备好了,
国王要将爵士绶带授予特鲁·托马斯,
　　一切只为他写下的那些歌。

他们去高原上寻找他,去山谷中寻找他,
　　翻来覆去,足迹遍及每块草地。

---

* 特鲁·托马斯意即"真实的托马斯"。这首诗采用的故事和韵文形式出自苏格兰边地最具特色的一种传统叙事歌谣。歌谣由十八世纪早期的口头版本记录整理而成,名为"吟游诗人托马斯"或者"厄尔塞尔多恩的托马斯",讲述了诗人托马斯进入精灵之国的故事。托马斯偶遇精灵王后,并跟随她进入她的王国,那是一个不受善与恶支配的领域,他得知自己要在这里待七年时间,之后就将获得预言的能力,而在此之前,他将不能返回自己的世界。

终于找到了他,附近便是那丛
　　守护着精灵之门的乳白色荆棘。

脚下是一条蜿蜒的路,头顶是一片蔚蓝的天
　　他们的眼神被牢牢捉住,以至于他们
竟没有看到,座座山丘之上吃草的雌牛,
　　噢,她们便是精灵之地的女王们!

"现在,结束你的曲子,"国王说道,
　　"结束你的曲子,整好你的衣饰,
准备说出你的誓言,并且行守臂之礼①,
　　因为我将赐你绶带,封你为爵士。

"我将赐给你一匹威风的骏马,
　　赐你纹章、马刺、士兵和仆役,
赐你城堡、世袭产业、田舍和权力,
　　再加上一块你自己看中的领地。"

---

① 在接受册封正式成为爵士之前,受封者须将武器和盔甲摆在祭台上,独自一人,整夜祈祷。

在竖琴之上,特鲁·托马斯绽放笑容,
　　他转过脸,面对赤裸的天穹,
在那里,被一阵浪荡的风追逐着,
　　蓟花的冠毛飘浮在空中。

"我已说出了我的誓言,它将一个
　　苦涩的约定施加于我,在另一方土地;
我已守着我的臂膀,度过了一个无风的长夜,
　　在那里,即使百名勇士也只能惶然逃离。

"我的矛由炽热的火焰锤炼而成,
　　我的盾由酷寒的月光锻造完竣,
我赢得了我的马刺,在世界的中心,
　　深入泥土之下足有一千英寻①。

"我能用威风的骏马做什么?
　　我能用炫目的宝剑做什么?
它们会使我手上这只名贵的戒指坠入尘土,

---

① 英寻是一种曾在英语国家被普遍使用的深度单位,主要用于海洋测量。一英寻等于六英尺,约合 1.8288 米。

让我与那些精灵之城的亲友们失和。

"我能用纹章和绶带做什么?
　　城堡、尾翎、世袭产业、俸禄,
仆役和士兵,又能拿来做什么?
　　你说呢,我的故国之主?

"我将这些投向东方,投向西方
　　投到足够远处,我的欲望在那里隐遁,
投给黎明、黄昏,投给一阵被大地狂饮的雨水,
　　直到我投递的所有返回我身。

"伴着呻吟的大地发出的讯号,它们来了,
　　随着喧嚣的大海传出的消息,它们来了,
混在心灵、魂魄和肉身的话语之中,
　　跟着在这三者之间迷惑不解的人,回来了。"

而国王,他咂了一下嘴唇,
　　挥着手,重重地拍了一记他的膝盖:
"我以我的灵魂起誓,特鲁·托马斯,"他说,
　　"行你应行的礼节,绝不至于让你屈才。

"只要我愿意,凭着我的威仪,
　　我可以成批成堆地派发爵位绶带,
受封的人们都会随时随地供我驱策,
　　还要侍奉我的子孙后代。"

"你那群稍息立正的爵士们,
　　还有你所有的子孙后代,与我有何关系?
在他们赢得尊号之前,
　　我相信他们早已离我而去。

"凭着庄严的口齿,我会赢得荣誉,
　　并拢双脚摆个姿势,只会让我受人耻笑,
是在十字建筑之下,与圣徒一道歌唱,
　　还是在破败的街巷里,和猪狗一起疯跑。

"人们有的给我上好的赤金,
　　有的给我白花花的银钱,
也有人只以残羹冷炙来招待我,
　　因为这些人活得十分低贱。

"我为那些贵重的金子歌唱,
　　我同样也为那些银钱歌唱,
但最好的,莫过于为那些单纯的人
　　拿来招待我的残羹冷炙而歌唱。"

国王将一枚银币抛在地上,
　　一枚苏格兰银币,
"如果我带来的是一个穷人的施舍,"他说:
　　"特鲁·托马斯,你就会为我抚琴弄曲?"

"当我为那些小孩子们弹琴,
　　他们会用一只手紧紧地搂着我,
而你是什么人,"特鲁·托马斯说,
　　"你骑在马上的时候,其他人必须站着?

"放下架子,从你那匹威风的马上下来,
　　依我看,你讲话太吵,太风风火火,
我这就为你奏一支三小节的曲子,
　　然后,如果你敢,你大可以逮捕我。"

他把自己从威风的马背上放下来,

脊背靠着一块石头，搁在地上。
"现在，顾好你自己，"特鲁·托马斯说：
　　"接下来，我将穿越你的肋骨，抵达你的心脏。"

特鲁·托马斯的双手在竖琴上起舞，
　　这把仙琴阻隔了俗世的尘秽，
奏响第一节纤细的音符，传入骄傲的国王耳中，
　　从他的眼底冒出，化作圣洁的泪水。

"噢，我看到我遗落已久的爱，
　　感受到我无法理解的真诚，
我所做过的，所有隐藏在耻辱之中的劣行，
　　像许多条小蛇对我发出嘘声。

"太阳在正午消逝——正午！
　　末日的恐惧把我紧紧地咬在嘴里，
特鲁·托马斯，快把我藏在你的斗篷底下，
　　上帝知道，死亡于我并不合宜。"

脚下是一条蜿蜒的路，头顶是一片蔚蓝的天，
　　空阔的原野，奔流的河川，

那里，只有发烫的石楠、路堤和围墙，
　　日头高挂，替蝮蛇孵卵。

"放松，放松，"特鲁·托马斯说，
　　"当一切就绪，上帝会做出仲裁，
但我会为你弹一节更好的曲子，
　　拨开我蒙在你心头的阴霾。"

特鲁·托马斯伏身琴上开始演奏，
　　琴弦在他的手底淙淙有声，泛起涟漪，
特鲁·托马斯创作的这第二个小节，
　　使国王想起了马匹和徽记。

"噢，我听到战士们的脚步，
　　我看到刀刃和矛尖之上的太阳，
我注视着一支从羊齿丛中射出的箭，
　　它在低处飞行，以嘹亮的嗓音清唱。

"我要壮大实力，发动战争，
　　命令英勇的骑士跨上战马，挥矛戳刺，
空中的纸鸢将见证战斗的惨烈，

绝不逊于过去那场，在边境爆发的战事。"

脚下是一条蜿蜒的路，头顶是一片蔚蓝的天，
　　低垂的野草，赤裸的苍穹，
那里，只有一阵风徒劳地摇着铃，
　　一只老鹰为了扑击喜鹊，俯身猛冲。

特鲁·托马斯伏在竖琴上叹息，
　　将余下的旋律，转移到居中的那根弦上，
特鲁·托马斯弹奏的这最后一个小节，
　　将死去的青春召回国王的身上。

"现在，我是一个王子，我可以
　　爱我所爱，无所畏惧，
和某人分享友谊，并驾同行，
　　跟在鹿的身后，对着马儿低语。

"我的猎犬，向着死亡吠叫，
　　那只雄鹿已经躺下，枕着一道灼热的伤口，
我的爱人，倚在她的窗前等我，
　　好在我回家时，洗净我的双手。

"如此这般的生活，让我如此这般的满足，
　　（噢，我看到了，在我的真爱的眼底！）
和亚当并肩而立，在伊甸的空地上，
　　纵情奔跑，在天堂的森林里！"

赤裸的苍穹，低垂的野草，
　　徒劳的风，奔流的河，
那里，关卡已开启，道路已畅通，
　　红色的鹿转过头，等待身后的来者。

特鲁·托马斯把他的竖琴搁在一边，
　　在马鞍的一侧躬下身去，
手中握着马镫和缰绳，
　　扶着国王登上他威风的坐骑。

"让你睡去，还是叫醒你，"特鲁·托马斯说，
　　"如此安静地坐着，如此长久地沉思，
让你睡去，还是叫醒你？——直到最终的睡眠来临，
　　我相信，你不会忘记我的这首曲子。

"我的演奏,从太阳中抽出了一道阴影,
 　立在你的面前,大声叫喊,
我将你脚下的土地变得坚实,
 　让你头顶的天空变得暗淡。

"我拨动你三具身体里居中的灵魂,
 　我的演奏,让你升至上帝的宝座前,
我的演奏,让你降至地狱的铰链上,
 　而你——却——想——赐——给我一个爵士头衔!"

　　　　　　　　　　　　一八九三年

陌生人

那陌生人在我的门里，
　　他也许淳朴，也许宽厚，
但他不以我的语言与我交谈，
　　他的思想我无法感受，
我看到那脸，那眼，那嘴，
　　但灵魂被掩蔽在它们身后。

那些与我源出一脉的人，
　　他们也许很行，也许很烂，
但他们习惯了听我说谎，
　　他们的谎言我也听着习惯，
当我们想和对方做笔买卖，
　　不需要翻译，替彼此中转。

那陌生人在我的门里，
　　他也许有善心，也许有恶意，
但我不确定权势能够操控什么，
　　以什么手段来左右他的情绪，
也不知道他那位来自远方的神，
　　何时又会回到他的血液里。

那些与我源出一脉的人，
　　他们也许坏透了，
但至少，他们听到我所听到的，
　　看到我所看到的，
我怎么看待他们的那点喜好，
　　他们也就怎么看待我的。

这曾是我父亲的信条，
　　现在，也是我的宗旨：
稻谷，就把它们扎进同一个捆，
　　葡萄，就让它们挂在同一条枝，
免得串味的面包和酒

酸倒了咱们孩子的牙齿。①

---

① 典故出自《圣经·旧约·以西结书》第十八章第二至四节:"你们在以色列地怎么用这俗语说'父亲吃了酸葡萄,儿子的牙酸倒了'呢?"主耶和华说:"我指着我的永生起誓,你们在以色列中,必不再有用这俗语的因由。看哪,世人都是属我的,为父的怎样属我,为子的也照样属我,犯罪的他必死亡。"谚语"父亲吃了酸葡萄,儿子的牙酸倒了",意谓父辈所犯的罪,将会报应在后代的身上。

幽　冥

(希腊诗选)①

比太阳底下的任何事物更加迅速②，西蒙尼德斯③的汽车
　带他飞奔。
有两样东西他无法超越——死亡和一个爱他的女人。

---

① 吉卜林创作了许多首与汽车和摩托车有关的诗歌，诗的构思和行文风格均与经典的文学作品有关，这些诗后来以《马达间的缪斯》为名结集出版。需要注意的是，诗人别出心裁地在每首诗的标题之下加了一个括号，在括号中注明了"缪斯的名字"，即诗的灵感来源。以下从《幽冥》到《寓意》共二十五首诗作，都属于这一系列，之后不再另行说明。
② 这首诗的开头是《圣经·旧约·传道书》中的箴言"太阳底下无新事"的变体。
③ 古希腊著名诗人，传说是最早为竞技会中的获胜者创作凯歌的诗人。

阳关道

(中国古诗)

1

霜在雨上——给乌檀木做的街道上了漆,
　映着灯光,像一面池塘捧着金鱼。
一物突从一侧闯入,将景致掏空,
　从那年轻人的眼中。

2

当我年轻时,我杀死了一个老人,因为冒失。
　当我变老时,我重伤了一个孩子。
脚下死去的落叶并不抱怨——
但歪倒的樱桃树会:无论太阳几时升起,
　这道阴影多么黑暗!

车夫循环曲 *

(昆图斯·贺拉提乌斯·弗拉库斯①)

德里乌斯②,那辆车,暮暮朝朝,
  装备着雷与电,狂暴地,
甩动灾难的鞭子碾过阿庇安大道③,
  不断提速,不断逼迫着。

---

* 标题中的"车夫"原文为"Carmen",译为"司机"亦无不可,但既然诗人将汽车喻指为一种迅速驶向死亡的新型马车,译者认为译为"车夫"或许更合其本意。
① 伟大的古罗马诗人,昆图斯·贺拉提乌斯·弗拉库斯是其拉丁文名,他的英文译名一般被音译为贺拉斯。
② 这首诗中所出现的名字,均具有古代希腊或罗马的渊源,但从诗的意义来看,除了哈迪斯和复仇女神之外,这些人物似乎与同名的神话或历史人物没有明显的关联。
③ 古代罗马人修建的第一条军用大道,代表着古罗马的盛世荣光,建于公元前三百一十二年,由监察官阿庇安·克劳狄乌斯·凯库斯主持修建。阿庇安大道从罗马出发,经卡普亚,一直通达布朗迪西恩(今称布林迪西),直至今天仍在使用。

但鲁莽的莉迪亚不顾后果,命你飞翔,
　　忒勒福斯带着嘲弄,从身后赶上,
不。坐稳了,奋起你的力量,
　　再接再厉,再加一档。

他们说,这条道路会鼓励你,
　　好像十分乐意,收集你扬起的尘土,"快!"
直到你抵达:一场意外早在等着你。
　　(我也完成了我的比赛!)

噩运的猎犬,
　　或是将公牛独自赶进死亡的皮鞭,
会在两次亲吻之间,
　　将你带到哈迪斯的王座之前。

我不知道,在她们的霹雳降临之前,
　　复仇女神没有发出棒喝,
最好这样前往我们命定的终点:
　　很慢,但活着。

广　告

（古代英国的礼仪风俗）

无论是穿过笔直的、平整的街道，
精确地、不偏不倚地在城镇中行驶，
或是在业余时间，如你所愿，
和朋友们一起，在原野之间向远方飞驰：
　　没有比她更好的选择，
　　她安静，灵敏，无异味，
　　衬着高贵的皮革，华丽的镀金
　　铜制引擎盖里，闪耀着勃勃生机，
　　在众多座驾中，她的驾驭体验实属顶级。

法庭故事

(乔　叟①)

一位强大的工程师和他们共驾同行,
他熟悉所有机械,掌握一切手段,
他从巴黎归来,带着一身本领,
如此精明,没人能让他一筹莫展。
他坐在铜制的齿轮和轴承中央,
将一顶皮帽子扣在头上。
对他的驾驶技术,他无比笃定,
在路上,不放过每一条捷径。
无论遇上平民,还是贵胄,
他绝对不会减速,除非路上有只牲口,

---

① 杰弗里·乔叟,十四世纪英国著名小说家、诗人,他的名著《坎特伯雷故事集》收录了一系列道德训诫故事。

跟在他们背后吱吱叫,
直到他们,像在田里收割,把它放倒。
他比唐人街的股价更疯,更不要命,
但也会为牛和狗停下车,
不是出于怜悯,而是更加实惠的原因,
让他记起了他的刹车。

回忆的慰藉

(波爱修斯的杰弗里·乔叟译本①)

神赐福的时刻,是我们的元年和生命的清晨。那时,人人放任自我,自顾自地,或是在巨大的空旷中自顾自地从事着享乐的事业,没有柏油铺就的路,没有标有号码的车,让人能够在满足了性欲,并且在洁净的大树上睡过一觉之后返回他的村庄。没有喧嚷,也没有你追我赶的车轮,现今那些无情的鸣笛,都曾全然缄默,全然静寂。那时,高贵的马匹,因他们的能力而忧虑,担心使车辆驰骋将导致眼下这些,当时前所未见的恐惧,我们从不逼迫他们,驾车的人只以甜美的谢意来报偿他们。那时,诅咒尚未降临,也没有这种盲目的死亡历险,只

---

① 波爱修斯,中世纪罗马伟大的思想家,一位百科全书式的人物。英国作家乔叟曾将波爱修斯的《哲学的慰藉》翻译为英文。

有共轭的伙伴，和建立在懵懂的平等之上的、至善的友谊。一柱烟尘席卷而来，将一切抹去……看看现在，这条漆黑的道路怎就剥光了自己，脱去了心与美，在她赤裸的身体上，塔耳塔洛斯①的愚昧之光闪耀着猩红的氛霓。

约于一九〇四年

---

① 希腊神话中位于地下的幽暗牢狱，由赫淮斯托斯建造，被宙斯用于囚禁一众泰坦巨神。

四个要点

(托马斯·图塞尔①)

打算停车或转向的时候,先把一只手伸向前方②,
这个动作有种魔力,能将你在世上的日子变长。

哪怕七十个七次③,你都得到运气的眷顾,
在最后的最后,死亡终将在转角处把你逮住。

---

① 托马斯·图塞尔,十六世纪英国著名农学家、诗人,著有《做好农活的五百个要点》。
② 吉卜林时代的汽车速度比较慢,伸出一只手主要是为了提示他人自己将要停车或转道。
③ 典故出自《圣经·新约·马太福音》第十八章第二十一至二十二节:那时,彼得进前来,对耶稣说:"主啊,我弟兄得罪我,我当饶恕他几次呢?到七次可以吗?"耶稣说:"我对你说:不是到七次,乃是到七十个七次。"

接下来走主路或辅路都不要紧,要紧的是
放慢速度保持专注,在进入任何一条路时。

你可以喝个痛快,但好事还在后面:
有人酒后驾驶,验尸官的技艺就能得到锻炼。

致一位女士,劝她上车

(本·琼生①)

请登上爱神燃烧的战车,迪丽娅,
武尔坎②特意为维纳斯铸造了它。
翅膀不能带你飞走,一道火焰可以办到,
像我的心,炽热,顺从于崇高,
由一点火花燃起,少些明亮,
多些明智,比起贯穿你双眼的电光。
坐好,准备出发,
不要穿蕾丝和轻薄的棉麻,

---

① 本·琼生,十六至十七世纪英国的抒情诗人、剧作家。这首诗中提到的"迪丽娅",可能是对本·琼生的抒情诗名作《致西丽娅》的戏仿,两首诗歌中两位女士的名字仅有首字母不同。
② 即古罗马神话中的十二主神之一,火神武尔坎努斯,在希腊神话中名叫赫淮斯托斯。武尔坎是爱神维纳斯的丈夫,众天神的武器装备都是由他打造的。

但,为了匹配你高贵的气质,
可以挂上那串冰冷的钻石,
多带几件北方出产的貂皮大衣,
准备好,直面极端的欧拉林登风①而去。
在我们的轰鸣的玩具里,我们将查明
哪一个更盲目,是法律还是爱情。
出于嫉妒,神灵们也许会
阻止我们猛烈地,不顾一切地下坠!

---

① 一种寒冷的东北风。

火花的长势

(第 16 号环道)

(多恩①)

这点火花现在着了,缓慢地,克制地
约束她的光,无论他怎样诅咒着
扳弄裹着皮革的启动杆,
用一些小锤子东敲敲,西打打,
在她燃起和熄灭的时候,一直盯着她;
直到电力伴着一阵闪烁将她唤醒,他必须等待。
淋着大雨等待,或在路边暴晒;
她不会有什么长进。可怜的灵魂,这教导我们,
那些了不起的怎样通过那些不起眼的保存下来。
他得自己动手,清理火花塞!

---

① 约翰·多恩,十六至十七世纪英国的诗人、牧师,以创作玄学诗、爱情诗和讽喻诗而闻名。

牛皮贩

(马修·普莱尔①)

皮特罗里欧②,吹嘘他那部梅赛德斯的动力,
发誓她能够飙到每小时八十公里。
我试过这车的旧型号,我知道她可以。
但要叫她加到这个速度,他的胆量才是个问题!

---

① 十七至十八世纪英国的诗人、政治家。
② 这个名字有"石油"的意思。

"在准备出发,前往一座城市的时候"

(弥尔顿①)

那时,他们用酒和肉把自己塞满,
纵欲无度,就像那个在默东被写出的
巨型笑话中的虚构人物②,他为
高康大式的食欲摆下宴席,
以他至高无上的名义,他们出发了

---

① 约翰·弥尔顿,十七世纪最伟大的英国诗人。他的代表作《失乐园》是一部长篇无韵叙事诗,其中使用了很多结构奇特的长句,吉卜林的这首诗作采用了类似的文风,因此中译本也尽量向其靠近。
② 默东是法国巴黎的一个区,十五世纪的著名作家弗朗索瓦·拉伯雷在那里度过了他的最后几年,并写完了他的名著《巨人传》,也就是这首诗中所说的那个"巨型笑话"。下文中的"虚构人物"也许指《巨人传》的主人公庞大固埃。庞大固埃是高康大的儿子,这对父子都是巨人族,将狂吃海喝看作生命的最高原则。

在崭新的天穹和星辰底下迷失，
兜兜转转。既感觉不到路，
也感觉不到在酒杯中，被他们
分享的悲剧效力，直到它在他们
体内冻结成恶，扭曲他们的理智，
从而，在所有岔路中选定了似乎是，
但并不是，最合理的那一条，
纯洁的月光在墙上铺就的那一条，
向着那里，他们发动他们
坚固的战车，它毫发无伤——他们则相反。

致驾驶员们

(赫里克①)

鉴于你们,以你们经过测算的里程数
使甜美的赫拉②受到骚扰和亵渎,
在快活的高速公路上,从不留意
任何东西,除了速度飙出的神迹,
以被口罩掩住的面孔,和被齿轮
与履带奴役的灵魂,
以黏糊糊的双手和巨魔③的眼睛,

---

① 罗伯特·赫里克,十六至十七世纪英国著名诗人。这首诗的标题或许是在戏仿赫里克的著名抒情诗《致少女们》。
② 古代希腊神话中的天后,掌管人间的婚姻与生育,是克洛诺斯和瑞娅的女儿,众神之父宙斯的姐姐和妻子。
③ 传说中体型巨大的地精,在托尔金的"魔戒"系列小说中也曾出现,这里形容驾驶员疲惫的、布满血丝的、瞪得又大又圆的眼睛。

来应付你们可怕的使命，
没有哪个诅咒比下面这个更严重了：开得多快，
你们死得就有多快！

游　记

（拜　伦①）

十三还是十二②，对我的莫雷是个难题，
他曾是一位出版商。如今的警察以
更严谨的办法，教人们读书学习，
所以，胡安③在 J. P. 这一栏前找到自己——
他被控告了。那是个平静的角落，实际上随你喜欢，
走多快都可以，可他偏要乘着风暴从中穿过。

---

① 乔治·戈登·拜伦，十八世纪末至十九世纪初英国的浪漫主义诗人，代表作为长篇叙事诗《唐璜》。《唐璜》的每一个诗节均有八行，与这首诗一致。
② 原文如此。或许仅说明莫雷不擅算数而已；或许意指"十二岁与十三岁"——对于人的年龄应该从零岁还是一岁开始计数，不仅各个地方的习惯不同，甚至每个人的看法都可能会有不同——以此与下文中警察们的"严谨的办法"相对，引出这首诗的主题。
③ 也可音译为"璜"，即拜伦勋爵的名著《唐璜》中主角的名字。

道格伯雷①,和沃特伯里②,按五十公里五英镑开单,胡安结了账③,照着计算结果。

---

① 莎士比亚的剧作《无事生非》中一位老巡警的名字,在这里泛指所有的警察。
② 一种美国生产的手表品牌,在这里泛指各种手表。在吉卜林的时代,汽车刚刚出现,以手表计时为依据对超速车辆进行处罚,在当时看来也许是个新鲜事。
③ 原文"Juan paid"缩写即为前文中的"J. P."。

傻小子

(华兹华斯①)

他溜下山路,
远远超过限速,
这个小年轻,常被司法
拘留和处罚。

他独自离去,只要
他能把车开走,就没人知道。
现在他在沟里,
喔哦,挂在一个奇特的档位里。

---

① 威廉·华兹华斯,十八至十九世纪英国著名诗人,是湖畔诗派的代表诗人。

兰　道*

(普雷德①)

从前有一辆兰道,车内空间既宽又深,
　　舒适得,连睡眠本人也坐在车上,
从坦纳的尽头直到马洛迪顿,
　　在乡间挥洒着一路风光。
约翰长了一张宽大的脸,
　　(好吧,我记起了它那白——兰——地的色彩②!)

---

* 一种双座四轮马车,车顶是可活动的,能随时打开或者合起来。在这首诗中显然喻指汽车,而由于"睡眠本人"也坐在车上,这部车也喻指死亡。
① 威廉·马克沃斯·普雷德,十九世纪英国诗人。
② 在这里,诗人将一个词拆成三个词,玩了一个幽默的文字游戏。原文为"eau——de——vie hues","eau de"和"vie"均是法语词,分别指"水"和"生命",合起来却成了白兰地的意思,译者也只好效仿。这句诗的意思是说,叙述者想起了约翰的脸色,先说白,又说蓝,最后竟然是"白兰地色"的。

他为拉尔夫先生开车,每周五天,
　　车速和我们知道的那位耶户①一样快……

但现在,可怜的约翰在噪声中熟睡,
　　听不到,也嗅不到那位年轻的
绅士支付的,九百英镑的气味,
　　哦——我们都会死的。
而我,在我的例行散步中
　　看到那些急不可耐的司机总在催促她。
*今不如昔*②。赞颂
　　那个在她得到许可之前的时代吧。

---

① Jehu,可以表示车夫的意思,在这里是指《圣经·旧约·列王纪》中的一位以色列王。典故出自《列王纪下》第九章第二十节:守望的人又说:"他到了他们那里,也不回来。车赶得甚猛,像宁示的孙子耶户的赶法。"
② 原文为拉丁文,出自贺拉斯的《诗艺》。此处的翻译引自杨周翰的中文译本。

矛 盾

(朗费罗①)

昏昏欲睡的马车合着
昏昏欲睡的马的脚步,摇晃着。
 在野兔嬉戏的篱边,他的车轴转动,
扬起一片水幕,在他的
 唯一一盏灯的光晕之中。

他听到身后传来一阵喧闹,
一声厉啸,一声嗥叫和一声咆哮,
 一道强光刺瞎了他的眼睛,
一股臭气霸占了风的通道,
 就像地狱嘴里喷出的膻腥。

---

① 亨利·沃兹沃斯·朗费罗,十九世纪美国著名诗人。

他修理他的前横档①,
使劲摇他那只会诅咒的铃铛,
 但对于一个在远处等候的母亲,
听到医生的汽车弄出的声响,
 就像听到天使扇动翅膀的声音。

所以,照这位诗人的看法,
对于一部车,无论用马达
 还是用马拉,确切的
理解是非善亦非恶,他
 不是阿里曼,也不是奥尔穆兹德②。

---

① 旧时所使用的马车在前部中央都装有一根横木,用于给马匹装配
扼具。
② 奥尔穆兹德,又名阿胡拉·马兹达,意为智慧之主,是琐罗亚斯
德教的善神,代表光明。阿里曼则是琐罗亚斯德教的恶神,代表
黑暗。

堡 垒

(丁尼生①)

这是个叫人精疲力竭的终点,
  在你的车夫看穿他的命运
    之前,你怎样驱动上过油的新车轮,
驶离你挂着名牌的门前②。

去看那个莎士比亚看过的英格兰
  (哦大地,浅潭③早已死去,

---

① 阿尔弗雷德·丁尼生,十九世纪英国著名诗人。
② 挂着名牌的门前指明了这首诗中的"你"的身份,至于车夫还"未被看穿的命运",指的自然就是失业。作为旧英格兰的贵族,开着一辆刚刚买的,不需要车夫的,有着"上过油的新车轮"的汽车,在这个怀旧的叙事者看来似乎有些不可思议。
③ 原文"Shallow"指的应该是在莎士比亚的《亨利四世》和《温莎的风流娘儿们》中均有出现的乡村法官。朱生豪将之翻译为"夏禄",吴兴华则据 shallow 一词包含的"肤浅"之意将其译为"浅潭",这里取吴兴华的译法。

在那里，下过崽的母猪仍可能藏起
某个法律的弄臣——制服一色深蓝①）

从阿什比德拉祖什，
　　经里昂到洛克斯雷长廊②，
　　或者，去离家近一些的地方，
偶尔惊吓你父亲的——姐姐的——古董车子！

---

① "法律的弄臣"指的自然是"浅潭"在吉卜林时代的同行们，但不知这句诗背后有无典故，也许只是一个莎士比亚式的玩笑，《温莎的风流娘儿们》中便有很多类似的俚俗笑话。
② 原文"Locksley Hall"，既是一个地名，也是丁尼生一首著名诗作的名字。

新　手

（在用一件并非他自己发明的乐器作即兴演奏之后①）
（勃朗宁②）

瞧！我所做的——突然的，极致的，灵光乍现——
在人群中冒险踩一脚离合——有什么后果？我向上向前
弹跳，当我认为（像我应该认为的），我头上脚下颠倒。
驾驶室像朵百合花一样绽放，我坐在残骸里昏头晕脑。
有人在记录我的名字，那司机哭喊着，喊声撕裂空气，
为我的血和我的钱。一个报童偷笑着带走了我的帽子。
车轮在路沿上撞碎了。我必须开着她回家修理，

---

① 这又是诗人玩的一个文字游戏，诗中出现的"弹跳""弹簧"原文均为"spring"，可作琴弦解，因此诗人将这一桩"灵光乍现"所引发的车祸称为一段"即兴演奏"。
② 罗伯特·勃朗宁，十九世纪英国著名诗人，以精于"戏剧独白"著称。事实上，吉卜林的这首诗作正是一段"戏剧独白"。

而她，倚着一堆弹簧，抛来一个媚眼——用扭曲的引擎盖子！

杰拉尔丁女士之苦

(E. B. 勃朗宁①)

我转——上天知道,我们女人转得太多——
弯时压伤了芦苇②,这可悲的误会,
导致了无法告解的耻辱——我扳转操纵杆
(是错误的那一个,代理人后来说。)
横着扫过你们英国的街道③,在尖锐的脆响中
穿透了沿街店铺的橱窗——且慢,

---

① 伊丽莎白·巴丽特·勃朗宁,十九世纪英国著名诗人,常被称为勃朗宁夫人,即诗人罗伯特·勃朗宁的夫人。勃朗宁夫人是具有女权主义倾向的基督徒,创作过许多与信仰和爱情有关的诗。
② 典故出自《圣经·新约·马太福音》第十二章第二十节:压伤的芦苇,他不折断。"芦苇"即喻指人。帕斯卡尔也曾说过:"人是会思想的芦苇。"
③ 从这里来看,杰拉尔丁女士不是英国人,而且在下文中她会为童帽和长袍而烦恼,可见并不富裕。

阿尔忒弥斯①也为俗物所迷，捕获过一个男人。
比这更糟的是，可怜的童帽和洗礼长袍，
被散热器穿出了破洞。

　　＊　　　　＊　　　　＊
作为法官，我的堂兄罗姆尼在庭上做出裁决：
依照他拣出的法律条款，四十先令就能解决问题，
但他无视一个女人的灵魂在高处的安宁②，
我本应该进入那里，不住赞美他，在他的门边，
这个男人驳斥我——这儿就有一道方便之门——
这桩案子，在我拒绝以前，他——不是他——
本可以变通男人的条例，但不是女人的，
十个英镑或者一个星期，如此而已，我很乐意！

---

① 古希腊神话中的月光女神，阿波罗的妹妹。她是高洁的处女神，但爱上了恩底里翁，并捉住他，使他永远睡去，然后藏在一个山洞中。这句诗旨在说明，哪怕神也会有过失。
② 原文为"Woman's oversoul"，oversoul 是爱默生等美国的超验主义者提出的一个概念，指超出经验科学之上的、只能凭直觉靠近的、理想的精神实体，在基督教的语境下，可以指上帝。这首诗中强调的男人与女人的对比，使人很容易联想到歌德的"永恒的女性，领我们飞升"。

烦心事

(克劳夫①)

海思提·亚当②,我们的司机在夜色中吞下了一个魔咒——
汽油快耗光了,一只链轮也出了问题,
他想打听最近的城镇,而这时,瞧啊!在交叉路口
交通指示牌像处女,向四方伸出洁白的手臂,拒绝提供任何信息。
"看吧,"激进分子休吼叫着,"这就是我们引以为豪的英格兰,
乏味,肥胖,长着白白的肚皮,但完全指望不上。
他们要重新粉刷标记,搞到一半,到了下班时间,

---

① 阿瑟·休·克劳夫,十九世纪英国诗人,与这首诗里的激进分子同名。
② "海思提"原文"Hastily",意为"匆忙地"。

他们要重新粉刷标记,道路暂停使用,在他们完成以前。
这个混账的承包商,净拿这些废话来敷衍,
磨磨唧唧,擦掉了方圆三十里的
每一个地名,才明白活儿还没有干完!
这蠢货难道没有想过,刷掉旧的和涂上新的可以一块儿做?"

而,别看他的讲话并不符合他激进主义的教条
(它倡导从地球上刷掉一切,再给百叶窗涂上"去死"二字),
休让自己,一路抛洒有点讨嫌的,建设性意见,
演奏帝国的主旋律,话题从我们在澳洲的领属
延伸至威尔士的某片区域。
直到,我们在亚当的帮助下,把他拽离眼下这种境地!

司机临终时

(亚当·林赛·戈登①)

车轮温柔转动,送我回到车库——
我的车必须与我作别,不再为我奔驰和记录。
被诅咒的左气缸——医生这样称呼我的心脏,
有个穿孔,修不好了——我结束了。他们调不出
一种混合剂能让我载重运行,我的齿轮被拆除,
我拉不动我的手闸。在终点处,我进入不定时的
不计时的,没有时间的路,
通往制造一切的,制造者中的制造者。

---

① 十九世纪英国维多利亚时代的著名诗人,青年时代即离开英国,前往澳大利亚定居,是第一个用澳大利亚方言写作的诗人。

发明家

(R. W. 爱默生[①])

时间和空间决定了命运,
　　但渺小的人却立刻回击——
当时空对人说:不行,
　　他敢于答复:不,我可以。

我看到旧日的新英格兰,
　　时间和空间在此屹立,
人们为距离修建祭坛,
　　在他们经过的每一公里。

---

① 拉尔夫·沃尔多·爱默生,十九世纪美国著名思想家、作家、诗人,"超灵说"在他的思想中占有重要地位,吉卜林的这首诗作显然与此有关。

但在汽油的掩体下,一支隐形军队
嘲笑他们的所有作为,
预备在一个指定的时机,
　　向普罗米修斯称臣,
予他这种现世的、刺穿时空的力,
　　神曾把它藏得如此之深。

俯临高大的万塔斯提克①,
　　我的闪电们追逐嬉戏,
低调地,但急躁地,
　　坠入了我的算计。

我注意到两个部落,
　　气是一个,地是一个
念头一转,我与它们结合,
　　我的新纪元便诞生了!

我的意图绝少落空,
　　尽管它似乎经常暂停,

---

① 一座山的名字,在美国的切斯特菲尔德。

每条细杆、每根圆筒,
　都遵从我的星球的法令。

我把油从井里牵出来,
　把富兰克林①的电从天上扯下来
时间和距离走向衰败,
　人却有了新的未来。

在街道里,在草原上
　只要我的车轮滚滚,
我就把翅膀绑在亚当的脚上,
　并且,很快,绑住他的灵魂!

---

① 本杰明·富兰克林,十八世纪美国著名科学家、政治家。他首先提出了电流的概念,并设想了用风筝接引闪电的可能,但没有证据表明他确实做过这个实验,那个家喻户晓的富兰克林用风筝引电的故事可能是杜撰的。

汽车民谣

(沃德街①边界民谣)

"如今,一杯上马酒②就是这个价钱。"
    那个跪在地上的医生说着。
在他吩咐他们抬起他以前,
    他确认这个男人已经死了。

他们抬他起来,他们放他下来
    (噢,他动也不动一下)
他们送他,到最近的镇上等待
    验尸官的大驾。

---

① 英国伦敦的一条街道。在吉卜林的时代,这条街上的商店和作坊专门交易古董仿制品。
② 在古代,人们以酒为骑士践行,"上马酒"即为上马之前喝的酒。

他们合上一道道门，
　　他们用遮尸布盖住他的脸，
很快，停在市场上的汽车们
　　就此事交换意见。

一部宽敞的戴姆勒①，驮着板条箱子，
　　上前一步，说："咱们
必须要净化这个村子，
　　而且，没有人会感谢咱们。

"为了让他们在教堂中
　　祈祷灵魂，从罪孽深处掉头返回，
咱们要撅着引擎盖出去务农，
　　专门收割这些醉鬼。

"如果他们被他们的同志，拿千斤顶救下，
　　如果咱们暂时放过

---

① 德国的汽车品牌。有趣的是，这首诗里每一辆车的形象都与它说话的内容和方式相对应，宽敞的戴姆勒口气也就比较大。

他们,在咱们的哑巴钢①底下,
　　他们学到的要比在母亲的膝盖上还多。"

一部名叫辛德利的,英勇的
　　阿姆斯特朗②上前一步,说:"我曾见到
一个人躺着,无生气的,冰冷的,
　　在一个不长眼的转角。

"那是格兰瑟姆附近,在小溪护栏
　　和瀑布的边上:
而那个撞人的,醉醺醺的笨蛋
　　身上却没有一点伤。

"我轧过的路,有的干有的湿,
　　林荫小道,我也走了不少。
为什么那些无辜的灵魂活该去死,
　　我想找个理由,却找不到。"

---

① 原文"dumb irons"指的是汽车底盘上的副钢板弹簧支架,但在这里显然是一个双关语,意在说明钢铁虽然不会说话,却能给人大教训。
② 阿姆斯特朗·辛德利是英国的汽车品牌。

勉强能坐两个人的奥斯丁宝贝①

　　上前一步,说:"是巧合,
让时间和地点犯了罪,
　　他们什么也不能做。

"当一个小伙开车带着
　　他的爱人,我的目光被这一幕占据,
贴得太近的嘴唇,挽得太紧的胳膊,
　　杀死了少男和少女。

"一个黄昏,一道斜坡上的
　　一部车,偷偷地吻了一下他们,
上帝知道这对情侣是怎么死的,
　　但我做了合理的推论。

"我曾碾过黑色的沥青和鹅卵石,
　　还有石南草,也拥抱过我的车轮,

---

① 奥斯丁是英国的汽车品牌,这里的"奥斯丁宝贝"指的是奥斯丁的迷你车型。既然车里只能坐两个人,它的话题便离不开"两个人的事",即爱情。

这些年轻人为什么向着死亡行驶,
　我找不到合理的推论。"

从奥克森福德来的莫瑞斯说:
　(考利神父①是它的亲人)
"除了铁和火,
　我们凭什么,替上帝做庭审?

"在地下的油井和
　天上的闪电之间,
我们只能按照我们里面的
　人所设想的,冒险和向前。

"如果他深陷酒醉的淤泥,
　没有亲人会在他
睡大街时开动我们,将他送回家里,
　或是以爱的等待宽恕他。

---

① 莫瑞斯·考利是英国的汽车品牌,诗人在这里开了一个玩笑,说"考利神父"是莫瑞斯的亲人,接下来莫瑞斯的话题便从"上帝"和"亲人"展开。

"整个英格兰,没有一条小道,
　　能给一个好脾气的人在上边走,
除非他顾好左手和右手,也盯牢
　　前头和后头。

"长角的潮汐
　　藏在深沟或陡峭的堤岸底下,
他必须随时准备跳起,
　　躲避一波接一波的刺杀。

"无论是醉了还是在思索,他走着,
　　也许误入了爱的迷途,
我们没有智慧分辨和选择
　　却不得不伤害或杀戮。"

　＊　　　　＊　　　　＊

为了给验尸官查看它的
　　脸,他们揭开了遮尸布,
停泊在市场里的那些车
　　不久都各自上了路。

一个孩子的花园

(R. L. 史蒂文森①)

现在,我没有什么不对头,
除了——我猜那叫 T. B.②,
就为这个,我不得不待在外头,
整天躺在花园里。

我们的花园并不宽敞,
每一边都有汽车经过,
喇叭声怒冲冲地响,
总会吓到还是小男孩的我。

---

① 十九世纪后半叶英国著名作家、诗人。吉卜林的这首诗作是对史蒂文森的儿童诗集《一个孩子的诗园》的戏仿。
② 肺结核的简写。

而最糟的是当他们
开那辆暴跳如雷的车带我出去,
和大客车的距离近得怕人,
我不得不闭上我的眼睛,因为恐惧。

但当我又回过神,我
看到那架克罗伊登飞机上了天,
它唱着歌儿去法国,
声音像又快又密地敲琴弦。

当我足够壮实,能够去做,
我真的好想
做这事,我再也不坐汽车和火车,
但我要一直坐在飞机上

一个接一个地兜着圈,
为了吓唬天上的小孩,我还得弄出点动静,
在云里,我看到天使们的那一边,
我使劲吐口水,向地上一窝蜂的马达精。

寓　意

(佚名作家)

千万别凭一张纸去驯化一匹阿拉伯马①,
不要像绷紧一根弹簧一样,招惹一头倔驴,
你不可能赶一匹野马跑五十公里,并把它
从冒气的锅炉倒进冰窟窿里。
我可以在一天之内让你飞越六条国境,
我可以提升你的水准,达到十里挑一的等级。
我是路上跑的职责、法律和命令,
摘香蕉的人们视我为导师,我会让你
了解你的左手和你的右手,
我会教你懂得,为你的买卖着想,别喝酒,

---

① 这首诗的第一句就是一个双关,"驯化一匹阿拉伯马"也可以解释为"教化一个阿拉伯人",正如诗的标题所暗示的那样,诗中"负责教育"的汽车,同时也代表西方文明所倡导的道德准则。

我是唯一可见的，节制的倡导者，
这里所有的教育都由我负责！

机器的秘密

(咏现代机械)

从矿层和矿山中,我们被唤醒,
　　在矿井与熔炉中,我们被启蒙,
我们被浇铸、打磨、锤锻,被塑造成型,
　　我们被切、挫、凿,被校正。
一些水,煤和油,就是我们要求的全部,
　　一星半点就能让我们马力十足,
现在,如果你要分派任务,
　　我们将一天二十四小时为你服务!

我们能拖,能拉,能举,能推,
　　我们能印刷,能耕地,能纺织,能加热能照明,
我们能跑能跳能游,能飞行,能潜水,
　　我们能算数,能读写,能看,能听。

你是否会,穿越半个地球去拜访一位朋友?

　　只要你把他的名字、国家和城镇交给我们,
稍作等待,你将看到和听到,你掷出的问候
　　噼啪作响,穿过天堂的拱门。

他是否已回答你?在那一边,
　　他是否有求于你?你可以在夜半无人时
一步迈过大西洋。如你所愿,
　　有七万匹马和一些螺丝供你支使。

快捷渡轮随时静候你的召唤!
　　在码头,你将找到毛里塔尼亚号,
直到她的船长,在他的手底,扳下操纵杆,
　　让这座庞大的,建在九层甲板上的城市驶入波涛。

你是否希望,那些山脉剃光它们的头
　　将它们刚刚剪掉的森林摆在你的面前?
你是否想要,一条河在它的床上翻个身,掉个头,
　　或者你想,把贫瘠的荒野变成金黄的麦田?
想要我们架设连通天空的管道,从雪花的

永不干枯的池中,将水运送到地面,
运送到你的城市,供给工厂和电车,
　无休无止地流动,灌溉你家的果园?

这很简单,给我们炸药和钻,
　等着铁肩的岩石震颤,跌落,
焦渴的沙漠,被淹没,被填满,
　等着我们用水坝围住山谷,把它变成湖泊。

但记住,请切记,我们赖以生存的法度,
　我们所以被创造,不为领会谎言的意义,
我们不能爱,不能怜悯,不能宽恕,
　如果你操作不慎造成事故,死的只会是你,
我们比所有人,比所有人的王更加威武——
　谦卑一些,匍匐在我们的棒底——
我们的触碰能更改一切造物,
　我们就是这世上的一切——除了上帝!

尽管我们的烟可以避开你的眼,躲进天堂里,
　但星辰会再次被擦亮,而它终将会消失。
鉴于我们的所有力量,重量和体积都源自你,
　我们不是别的,是从你的头脑中诞生的孩子!

手艺人

曾经,在美人鱼客栈①,一次漫长的狂欢过后,
他对那个傲慢的半尼其②
琼生③,倾吐着(吐出的有一半是酒,
　　赞美这佳酿的年份吧!)

说他如何,在考兹伍德④的一家馆子,

---

① 伦敦齐普赛街的一家旅店。
② 典出《圣经·新约·马可福音》第三章第十七节:还有西庇太的儿子雅各和雅各的兄弟约翰,又给这两个人起名叫半尼其,就是雷子的意思。
③ 本·琼生,莎士比亚同时代的诗人、剧作家。这首诗中称他为"半尼其",即"雷子",意指他是个脾气暴躁的人。
④ 英国中部的丘陵地区。

确信自己遇到了，他的克莉奥佩特拉①，
她已喝得烂醉，怀着对一个补锅匠的，
   汹涌的，无可救药的爱。

如何，躲过汤玛斯爵士酒店②的门房，
蹲伏在阴沟里，披挂着露水，
熬过整个午夜，在黎明时分偷听
   吉普赛朱丽叶的抱怨。

在岸边，一个男孩如何例行公事般地
溺死在恐惧中打抖的猫咪，他的姐姐，
七岁的麦克白夫人阴沉地，轻蔑地，
   将它们塞进他手里。

从埃文河到斯特拉福德③，从事

---

① 指克莉奥佩特拉七世，古埃及托勒密王朝的最后一任女法老，俗称"埃及艳后"，是莎士比亚悲剧作品《安东尼与克莉奥佩特拉》中的女主人公。下文中的朱丽叶、麦克白夫人和奥菲莉亚，分别是《罗密欧与朱丽叶》《麦克白》和《哈姆莱特》中的人物。
② 一家酒店，在莎士比亚的故乡埃文河畔的斯特拉福德附近，莎士比亚说他曾在这家店里吃过鹿肉。
③ 莎士比亚的出生地。

疏浚和运输的村民们如何在她诞生之前的
一个寂静的、悲悯的安息日认识了她,
    湿淋淋的奥菲莉亚。

酒水从瘦长的无名指上滑落,
一滴叠着一滴,在桌上垒出小小的穹顶,
如此,莎士比亚打开了他的心,一直到黎明
    走进来倾听。

伦敦已醒。他从容地跟在影子身后,
从睡眼迷蒙的小巷走进匆匆忙忙的街道……
让他全情投入的那些表演,对于尘世毫无价值?
    是的。但他深知这一点。

吉芬的债务

首先,他成了"破产者"。后来,
离开了他的社团,再晚些,开始酗酒。像只沙漏,
渐渐地,在朋友们中间,漏光了情谊。
接着"入乡随俗"——他一翻身,成了这地方的
一分子,转投那三大分支,穆斯林、印度人,
居住在葛瑞①的村民们。
他们给了他庇护所和一个妻子。也许是两个。
还夸耀说,一个如假包换的、血统纯正的老爷
来到了他们中间。他就这样消磨他的时间,
不断借债,给乡村银行挖下深坑
(他们从不要求偿还),永远在喝酒,

---

① 一个宗教词汇,有纯洁、明智的意思,在印度和尼泊尔都有类似的地名。

脏兮兮的,惹人嫌弃,衣衫褴褛;
忘记了他是一个英国人。

你知道,他们用一座水坝把葛瑞围了起来。
所有优秀的承包商都对他们的工程十分草率,
所有最糟的建材
都拿来填在葛瑞的水坝上,
有多便宜,就有多妥帖。当葛瑞的山洪暴发,
几十万吨的水倒进山谷里,咕咚。
扑通,淹死百来个村民。
再折损十万或者二十万卢布的
庄稼和牲口。当洪水退去,
我们发现他死了,
给一匹老马的尸体压着,
在山谷底下,整整六公里以外。所以我们说
他是那种魔鬼饮料的牺牲品,
拿他来说教了一个星期,
然后很自然的,把他忘了。

但是,在葛瑞的山谷里,人们
在新大坝的影子下面,

讲述着关于这次洪水的，荒唐的传奇，
算计着人生当中的小小损失，
(不过就是那百来号村民而已)
照这意思：在那个洪水之夜，
他们听到山鬼在嗥叫，
朽烂的水坝在呻吟，然后，
一个本地神灵化为肉身，
跨着一匹怪兽般嘶鸣的马，
挥舞一柄连枷似的鞭子，
呼吸间喷洒琼浆，向村子奔来，
扑向这些单纯的村民们，
大喊大叫，以远超必死的凡人的调门，
大打出手，用远超必死的凡人的力道。
用他的，连枷似的鞭子揍他们，
吆喝他们，将他们，连他们的恐惧一齐赶上山，
驾着那匹怪兽般嘶鸣的骏马冲散他们。
从他们的，疯掉的房子里往外扔他们，
几乎清空了那些村子。
然后，水就来了。那位本地神灵，
呼吸间喷洒琼浆，挥舞着他的鞭子，
跨着他的怪兽般嘶鸣的神驹，

冲下山谷，伴着纷飞的树木
和碎成渣的家园。当他们安全地
站在山坡上，望着下方这些玄妙的事物，
知道他们获得了天堂的垂青。

因此，当水坝重新建好，
他们给那位本地神灵起了一座庙。
在他的祭坛上烧了好些恶心的东西
充当祭品，设置了神职人员，
在特定的场合，盛装打扮
吹一只法螺，敲一口铜钟，
对人讲授葛瑞大洪水的故事……
所以他，那个醉醺醺的讨厌鬼，
脏兮兮的，惹人嫌弃，衣衫褴褛，
变成了葛瑞山谷里
所有村庄的守护神，
也许时机一到，还会变成一个太阳神。

城市之歌

孟 买

皇室的,皇室的嫁妆①,我,女皇
　面对富饶的海洋,摊开富有的手掌——
一千座工厂呼啸,沿着我的身体,处处开放,
　我收集所有的种族,从每一块土壤。

---

① 一六六一年,孟买曾经作为凯瑟琳王妃的嫁妆,被葡萄牙赠送给英国国王查尔斯二世。

加尔各答

我,为河流①而建,为舰长②所爱,
  我是财富的归所,是王者们冒险的天堂,
万岁,英格兰!我是亚洲的力量,被货船淤塞;
  我手中攥着黄金,但也有死亡!

马德拉斯③

克莱夫④吻了我,嘴唇,额头和眼睛,
  美妙的吻,我因此变成了
女王头顶的花冠——现已衰败、凋零,
  倚着古老的名望,沉思着。

---

① "河流"指胡格里河。
② "舰长"指约伯·查诺克,东印度公司的船员,在一六八七年发现了加尔各答,被称为"加尔各答的奠基者"。
③ 即印度的第四大城市金奈,旧名马德拉斯。
④ 罗伯特·巴伦·克莱夫,军人,曾经是东印度公司的管理者。

仰 光

万岁,母亲!交易时,他们称我为有钱人?
  我不介意,除非听到剪过毛的洋和尚,像只雄蜂,挽着我的,身着丝绸的情人,
  被伺候着,在我的金光佛塔下,发出放肆的笑声。

新加坡

万岁,母亲!在这个被掏空的壳向那些远方的
  港口发起挑战之前,东方与西方都必须寻求
我的援助。宽广的,世界贸易的第二道门户本是我的,
  但已被封禁,被我弄丢。

香 港

万岁,母亲!请扶持我①;如今,我的

---

① 出自《圣经·旧约·诗篇》第一百三十九章第十节:就是在那里,你的手必引导我,你的右手也必扶持我。

海滨,枕着数不清的龙骨睡去。
但还得警戒(并且,陆地也要兼顾着),
  或许明天,还要把你的战舰从海湾上扫下去。

哈利法克斯①

穿透这片薄雾,保卫我的舰船启航了,
  掩上这片薄雾,我的未被染指的堡垒静卧着。
我是北方的荣誉的
  永世无眠的,蒙着面纱的捍卫者。

魁北克和蒙特利尔

宁静是我们的主要成分。而一朵玫瑰的低语②,
  愚蠢的,无来由的,一半是玩笑,一半是仇恨,
此刻,吵醒了我们,让我们忆起
  强有力的号角声。等着瞧!我们不惧怕任何人!

---

① 此处指加拿大新斯科舍省省会哈利法克斯。
② 不知具体出处。据原书注释,这里指的是英国和美国在英属圭亚那地区的边界问题上产生的分歧。

维多利亚①

这个环球巡回的词语,从东方到西方,走了一趟,
  直到西方成为东方,在我们的被蓝色缠绕的陆地边;
这条久经考验的锁链,从东方到西方,紧紧捆绑,
  真是一个精工锻造的,环环相扣的圆!

开普敦

万岁!从手到手,抢劫和交易都不稀奇,
  我梦着我的梦,在岩石、荒草和松林旁,
梦见帝国向北方扩张。唉,大片土地
  在狮子的头顶②排成一行!

墨尔本

万岁!恐惧和喜悦都没有占领我们这地方,

---

① 在这首诗中主要指澳大利亚的维多利亚。被命名为"维多利亚"的地方很多,因此诗人称这个地名为一个"环球巡回的词语"。
② 站在泰布尔山脉的山坡上俯瞰开普敦,这座城市的形状便如同狮子的头。

在黄金引起的贪婪和干旱造成的恐慌之间,
扑来一阵野蛮的人潮,肆无忌惮,又叫又嚷,
抽打着这座避风港——我们的脸!

悉 尼

万岁!我已经改良了我的坏血统①,
 以强大的意志矫正堕落,坚定不移;
热带的第一股水流在我的血液中奔涌,
 推促我的双脚走进胜利!

布里斯班

北方的大树,生长于南方的天际——
 我应一个帝国的需要,创造了一个民族,
历经少许磨难②,我的土地终会兴起,
 这些土地毋庸置疑,受女王的庇护!

---

① 悉尼这座城市最早曾被用作刑事犯的流放地。与之类似,在下文《霍巴特》一诗中,"男人的恨将我变成地狱"指的也是霍巴特曾被作为流放地的历史。
② 指在一八九三年爆发的布里斯班大洪水。

霍巴特

男人的爱①首先发现了我,男人的恨将我变成地狱,
  为了我的孩子们,我洗净了那些污名,
为了让我顺利分娩,重新生活,上帝应许
  赐予我和平与安宁。

奥克兰

最后的,最孤独的,最可爱的,优雅的,疏离的——
  在我们身上,这个永不退让的季节露出微笑,
在我们的羊齿丛中,诧异于人们为何
  纷纷启航,寻找极乐之岛。

---

① 荷兰航海家阿贝尔·塔斯曼在一六四二年首先发现了霍巴特所在的塔斯曼尼亚岛。这次航行的直接目的是为荷兰东印度公司进行一项勘测任务,但据说塔斯曼之所以愿意接受这个任务,是因为他爱上了巴达维亚总督安东尼·凡·迪门的女儿。

死者的歌

现在,听这首死亡之歌——在北方,坼裂的冰山们以边缘的撞击声唱它,

他们在他们的,被剥夺了藏身之所的雪橇上沉睡,看似仍在向极地进发,

南方的死亡之歌——在烈日之下,由他们那些瘦骨嶙峋的马来演唱,

那儿,野狗①呜咽着,哀嚎着,奔跑在枯涩的河道上。

东方的死亡之歌——在被高温腐蚀的空心树的森林中,

那儿,类狗猿在峡谷②里狂吠——在野牛打滚的灌木丛中,

---

① 原文"warrigal",指澳洲野狗,按生物学的分类,属于灰狼的一个亚种。
② 原文"kloof",指在南非的一种又深又窄的峡谷。

西方的死亡之歌——在巴瑞恩斯①，道路出卖了他们，
　　那儿，狼獾从营地，
从他们为他们堆的坟头上，拽出他们的行囊或皮囊，弄
　　得一地狼藉。

现在，听这首死亡之歌。

1

我们是做梦的人，梦得极深极沉，在这个让人窒息的小镇，
地平线的上方托着我们的渴望，在那背后，陌生的道路
　　向下延伸，
带来了风的低语，带来了想象的风景，带来了欲望驱动
　　的力，
直到那，并非人的灵魂的灵魂，借我们的生命指出一个
　　目的。

像鹿纵身一跃——像牛发力突奔——在各自寄身的兽群

---

① 在加拿大北部高原地区，十分荒芜，只有低矮的树种和灌木可以生长。

中冲破缺口,
带着儿时的信念,我们继续,在我们的道路上行走。
然后,木材耗尽了——然后,食物吃光了——然后最后的水,干了。
带着儿时的信念,我们倒下,死了。
在草原旁边——在矮树丛里,我们倒下,在流沙之上。
也许散落在路上的骨头,能为我们的子孙指引方向。
跟上——跟上!我们已滋养了根,此时
芽已萌发,花已成熟,一切为了果实。
跟上——我们在等待,循着我们失落的踪迹,
为了让更多的足音响起,为了终有一位主人,踏上这片土地。
跟上——跟上——播种,为了收获:
缘着那些路边的骨头,你将走进你的自我!

德雷克①驶下好望角,
  英格兰就此得加冕,

---

① 弗朗西斯·德雷克,十六世纪英国的航海家、探险家,在一五七八年进行了一次穿越麦哲伦海峡的航行,途中被一阵南风带到了好望角,从而发现了一条不受西班牙帝国管辖的,也从未有西班牙人踏足的,通往太平洋的新航线。

在不能通航的海之间，在从未臣服的岸之间，
我们的驿店——我们的驿店已建好，
　　（英格兰就此得加冕！）

它将永不再关闭，
　　无论是昼或是夜，
当人们赌上性命，
在浅滩上，或公海里，
　　（无论是昼或是夜。）

但站在平坦之处①，如今
　　我们在此地作见证，
当人们启航，满心欢喜，
为求知而冒险。（如今
　　我们忍耐着，在此地作见证！）

2

我们喂养我们的海，喂了一千年，

---

① 典出《圣经·旧约·诗篇》第二十六章第十二节：我的脚必站在平坦之处，在会众聚集的时候我要称颂耶和华。

但她仍然，嗷嗷待哺，张嘴候着，
尽管在她投递的所有浪中，没有任何一浪
　　不曾封装，我们英国的死者。
我们已分发了我们的所有，给漂浮不定的海草，
　　给鲨鱼和偏航的鸥鸟。如果海事法庭，
判决偿还血的代价，万能的主啊！
　　我们已经全数付清。

如今，没有任何一次涨潮
　　不曾掀翻我们驾驶的航船，
如今，没有任何一次退潮，
　　不曾把我们的死者抛进沙滩——
不曾悄悄地，将我们的死者遗落在每一片沙滩，
　　从杜西斯①到斯温②，如果海事法庭，
判决偿还血的代价，万能的主啊！
　　我们已经付清。

我们必须喂养我们的海，喂一千年，

---

　　① 南太平洋上的一个岛屿，是皮特凯恩群岛的一部分。
　　② 指从伦敦通往英国北方海域的海上通道。

用我们的荣誉和劫数,
比如,他们驾着金鹿号①在海上航行的时刻,
比如被末日的巨浪击碎的骸骨,
或者躺在放射恐怖蓝色电光的,
喷火的礁石上的骸骨
如果海事法庭,判决偿还血的代价,
如果海事法庭,判决偿还血的代价,
万能的主啊!我们已公平支付。

---

① 弗朗西斯·德雷克进行环球旅行时所驾驶的航船。

风暴中的歌

这一点已被证实：永恒的大洋
  对我们的阵营发动了攻击，
尽管今夜，轻浮的风和臃肿的浪
  将我们拖进了他们的游戏。
依靠天象，而非武力，
  我们在险境中掌舵行驶。
接下来，欢迎命运的粗暴无礼，
  借此，可以揭示——
在任何时候，包括我们的每一次危难，
  和我们的每一回获救，
为何游戏的数量总是多过玩家，
  船只的数量总是多过水手。

驶离迷雾，驶入暝曚。

微光闪烁，碎浪翻滚。
这些无知无识的水忙碌着，
  仿佛它们有一个灵魂。
仿佛它们已缔结联盟，
  图谋，以它们的绿淹没我们的旗。
接下来，欢迎命运的粗暴无礼，
  借此，可以看到——以及……

这一点已被很好的证实，
  尽管浪和风积攒了强横的势头，
我们仍继续看守指定的岗位，
  必须坚守，一再坚守。
当我们颠沛的船头每每降伏
  波涛断断续续的冲击，
我们歌唱，欢迎命运的粗暴无礼，
  借此，可以认清——以及……

没关系，尽管我们的甲板被扫荡，
  桅杆和横桁被撕成碎片，
所有受损的都能修补，只差不能
  让所有的损失复原。

所以,在这群魔鬼和我们的深渊之间,
  应毕恭毕敬地吹奏礼号,
欢迎命运的粗暴无礼,
  借此,能够寻找——

这一点被很好地证实,尽管我们
  力量低微,无所持,无所依,
但机遇和地点恰在那个时刻相会,
  为了活着,我们奋起,
直到风浪瓦解了约束我们的和管辖我们的,
  我们的义务和我们的使命。
接下来,欢迎命运的粗暴无礼,
  借此,可以认清——
在任何时候,包括我们的每一次危难,
  和我们的每一次凯旋,
为何游戏的数量总是多过玩家,
  船只的数量总是多过船员。

        一九一四至一九一八年

熊的停战请求

一年一度,沿着那条被称作穆蒂亚的路,
我们这群大大咧咧的白人,挎着来复枪,背着帐篷下河谷,
一年一度,马顿,这个又老又瞎的乞丐,绷带从眉毛缠到下巴,
尾随我们这群白皮的猎人,走过穆蒂亚。

没有眼睛,没有鼻子,没有唇也没有牙,语言支离破碎,
赖在门口,讨点施舍,对每一个人,用他丢失的嘴,
含混不清地讲他的故事,结束又开始,一遍接一遍:
"和亚当扎德[①]——那头像人一样走路的熊,不可能停战。

[①] 据原书注释,这个故事曾在克什米尔地区的猎人们中间广为流传,故事中的这头熊由于形状实在与人太过相似,所以被称作"亚当扎德",意为亚当的儿子。

"在我的毛瑟枪里，燧石挺得笔直，子弹随时准备穿过枪口，

在我追猎亚当扎德——那头像人一样站立的熊——的时候。

我最后一次看到雪地，我最后一次看到木头，

在五十个夏天之前，在我追猎亚当扎德的时候。

"我了解他在一天或四季中的作息，正如他了解我，一整夜，

他都在熟透的玉米地里饕餮，我屋里的面包也遭他打劫。

我了解他的强壮和狡猾，正如他了解我，在破晓时

他蹿进拥挤的羊栏，尽情掳掠一番，当我还在熟睡时。

"从逞凶肆虐的乐园站起身——向挖掘得当的巢穴奔下去——

亚当扎德，那头熊，冲过寸草不生的山脊——

哼哼着，咕哝着，咆哮着，负着偷来的肉，

一路向北，做两段漫长的行军，而我的影子就贴在他的背后！

"两段漫长的行军,一路向北,在第二个夜晚,秋季,
我跟着我的敌人亚当扎德,不放过他在迁徙中的每一口
　喘息,
在我的毛瑟枪里,火药已经填满,子弹随时准备穿过枪口,
我的手指已扣住扳机——在他像人一样跳起的时候。

"像个可怕的,多毛的人类,熊掌像祷告者的双手,
亚当扎德,那头熊,托举着他的祈求,
我注视着那对起伏的肩膀,那个下垂的、晃荡着的肚皮,
心底生出了怜悯,对这个怪兽般的、哀告着的东西。

"怀着怜悯和惊讶,我没有开火,可……
我再也不盯着女人们看了——我再也不和男人们一块走了。
他脚步蹒跚,走近我,越来越近,举起熊掌如同祷告,
就以这镶满铁钉的熊掌,从眉毛到下巴,将我的脸一把
　扯掉!

"突然,冷静,残忍,仿佛是耸动的火焰烧掉了我的脸,
面目全非的我跌倒在他的脚下,在五十个夏天之前。
我听到他咕哝着,窃笑着——我听到他一路走回了他的窝,
他收下我的眼球,把这些黑暗的年月和人们微薄的同情

换给我。

"如今，这个早晨，你们来了，挎着新型的猎枪，弹药装填在

枪身中部（我能感觉到），射程足有一公里（我能听出来）？

幸运属于白人的来复枪，这枪打出的子弹，精准、快速，

但——注意，我要掀起我的绷带，展示一下这熊的手段有多毒！"

（疙里疙瘩，皱皱巴巴，死灰般的血肉，像熔炉里的炭渣，马顿，这个又老又瞎的乞丐，支付了他所能支付的最高代价。）

"正午时分，他在灌木丛里睡觉，闹醒他，跟踪他，步步紧逼，

不要畏惧他的暴怒和咆哮，不要在亚当扎德的面前退避。

"但（注意，我先把绷带缠回去）那样的时刻才叫人惊心，

当他站起身，像一个疲倦的人，脚步蹒跚，一再靠近；

当他站起身，像在求饶，摇摇晃晃，做出一个禽兽的、人样的表演，

当仇恨和狡诈蒙上他那窄小的、卑鄙的双眼。

"当他举起如祷告者的手一般的熊掌,好像想讨几个小钱,
那个极度危险的时刻到了——那个时刻,熊请求停战。"

没有眼睛,没有鼻子,没有嘴唇,为了要点施舍赖在门边,
马顿,这个又老又瞎的乞丐,他说着,一遍接一遍,
摸索着,感觉着我们的来复枪,就着篝火把手烤暖,
听我们这群大大咧咧的白人聊着有关次日游戏的桥段。

无休无止地讲这个故事,结束又开始,一遍接一遍:
"亚当扎德,那头看上去像人一样的熊,根本从未请求
　　停战!"

亚兹拉尔*的计算

(解除契约的仁慈①)

瞧啊!那哺乳中的蛮牛在沙漠里,弄丢了她的幼崽——
它们在风的褶皱和沙的山丘间迷失——在它们的迷宫里焦渴难耐。
她紧跟着,以她蹄上的火烙它们蹄下的印——在它们凌乱不堪的路上。
她将灵魂关闭,只保留唯一一样东西——爱的追寻消磨了她。
她不知畏惧,低吟着穿过营地,我们的烈焰没能吓退她。
在被绳索拴住的那一群——那些被畜栏圈禁的母马附近踱步,

---

* 伊斯兰教传说中的四大天使之一,掌管生死簿。在这首诗中,他的形象如同死神。
① 伊斯兰教有立约之说,人在世上便需履行和安拉的契约。

她的鼻息温柔地掀起女人们居住的营帐的帷幕。
然后——在月光下,一道孤影渐渐远离——
消逝。当男人们叫喊"快抓住她",黑暗再次淹没她。
世间的所有癫狂和无助涌向她,当猎狗齐声威吓她,
直到一杆长矛在她的战栗中,扎进她的心,她仅仅只是,
甩了甩一边牛角,表明已经听到,仿佛在应付一只苍蝇
  的骚扰。
瞧啊,在埋骨之所——灵魂突然提速,奔向何处?
去何处赴那不见不散的约会?为她牵线的是谁?死亡!

凡被我解约,去见那仁慈者①的人,都不情愿地向我致敬。
喊道:"为什么先找上我?难道我的亲人还牺牲得不够?"
在闪动着寒光的刀刃前,他们畏缩退后,垂下他们的头,
下巴抵着锁骨。该怎样才能叫他们满意?
即便,在一万个男人中间,也没有几个敢找我面议。

然而,在一千个女人中间,总有一个明智的主妇走向我,
张开手臂,坦开胸怀,打开嘴唇——她的渴望点燃了她,
喊道:"噢,神的仆人,请给我解脱,爱的承诺在催促我!

---

① 指安拉。在这句诗中,"去见那仁慈者"即指死亡。

请快一些！他在等我！我要赶去！请将力量赐予我！"
瞧啊！她的凝视穿透了我的双翼，仿佛在看着她看不到
　　的东西。
瞧啊！她的嘴唇翕张，呼唤吟唱。我并不是她呼唤的那个！
瞧啊！我的刀口挥落，然后回鞘。她从未看清它，
只看到，它在旅途中沾染的尘埃，她的衣裳擦净了它。
瞧啊！在鲜血停止喷涌之前，她的灵魂冲向前方，
她已离开，去赴她的约会。为她牵线的是谁？死亡！

沙特尔的窗 *

音乐的威力穷尽之处,色彩代为言说:
  玻璃不加审判,将光均摊给每个人,泄露了
每个人最神圣的时辰,所有人的软弱,
  以及我们生命中,所有被照亮的困惑——
镶着铸铁花边,起源于火焰和尘土,
  质疑那最后的,注定的一刻——它被带来,
修过边、打上铅条,一下子楔入
  那王冠或马缰都渴望的,冰冷的石块。
而,在所有人的脚践踏过的地,
  恰好那灵,在她的深处和高处,寂静无声地
转向那唯一,她的上帝——

---

* 沙特尔是位于巴黎西南方的一座小城,以城内的沙特尔圣母大教堂而著称于世,这首诗中的"沙特尔的窗"即指这所大教堂的彩绘窗。

没有任何颜色,从那些极度苦涩的光中滴落。
来自天堂的一束光,在他们身后,击穿了
每个人都曾梦见的缤纷图案。无他人懂得。

欢乐的传说

四位天使长,即传说中的,
拉斐尔,加百列,亚兹拉尔,米迦勒,①
那力量首先对他们显现,当职司分派完毕,
他们首先,从王座之前的万军中站起,
突然掀起一阵生有翅膀的风暴,
首先从集会中离去,驾着喧嚣。
热情在鞭策他们,敦促他们在他们最细小的
行为中,严格奉行他们自己的最高准则;
热情在鞭策他们,当慰藉已被预支,
激励他们不懈地投身于天堂的新差事;
以荣誉之名,他们力求将每样事务做到完美,

---

① 此处这四位天使长的名字有些出自基督教的传说系统,有些则出自伊斯兰教的传说系统,或许诗人有意忽略两者之间的界限。

甚至超过完美自身的完美……
而安拉,那创生了热情与骄傲的,
了解这两者是怎样一个危险的组合。

偶然间,从天堂的永昼中分出一个日子,
那四位,以及所有的天使领取各自的职司,
各自上路,只余那耀眼的厅堂,
为一个闲职的天使①留下座位,空空荡荡。
他,翅膀在背后交叠,眉毛被睡意摧折,
听取神的话语:"亲爱的,你且做些什么?"
"请原谅,"答案温柔,轻盈地飘过,
"我做得很少,也很少做。
无论天堂或大地,都存有同一种意志,
在大地之上,我顺应这意志尽力使
人们快乐。"说罢,他腾空而起,再聆教诲:
"亲爱的,且行你的路,并去觐见那四位。"

超越秩序,飞越宇宙,

---

① 此处的"天使"原文为"Seraph",可音译为"撒拉弗",专指在天使群中享有崇高地位的六翼天使。诗人将"欢乐"列入"撒拉弗"中,意在赋予其神圣性。

这天使来到那四位面前，在最后，
他们以忠于职守的理智指导和监理
人类冗长乏味的世代更替。
人类，在他们无法逃避审判之时，
最多只能献祭眼与耳，其中并不包含意志。
而忍耐、信心、坚韧、持守，只会湮灭于
所有那些粗鄙、冷漠、轻浮的尘埃里。
天使长们凭借范例，祷文，法令，格言
训示，戒条和守则，解脱他们的执念，
但每每，看着同伴的面容，彼此坦承，
厌倦地发问："我是否确已尽我所能？"
正当他们叹息着，转投新的劳役，
那天使以应有的礼仪向他们致意：
在与更高事物做适度交谈之初，
与居于俗世之上的存在做试探性的接触。
经他们允许，他，才敢于
述说人间的混乱与悲喜。
而，由于漫无边际的讨论不及
观察得出的实例更说明问题，
他给他们讲故事——私密的原始的潦草的

得自生意床笫市井和法庭的
故事：这些场合，混乱频频揭开积雪般的伤疤，
再敷上一层层的笑话：
由是，在嘲讽的天空下，一个接着一个，
牺牲者们抬起赤裸的、迷惑不解的
头颅——这些故事，在这些灵魂面对厄运之时，
以幽默蒙住他们的眼睛，对他们施以恩慈——
这些朴实的，甚至粗俗的故事，阻截了泪的源头，
使得他们在干涸之前，可凭笑声忍受
另外那些，既无恩慈亦无恩赐的故事，
仅仅只有（安拉是高尚的！）真实的故事，
并且，仅仅只能，如这天使在那夜所演示的，
在乐的阈限之内取乐。

他以狡黠的，颇具艺术效果的中断与停顿，
对记忆的错漏进行修饰，预演了他的那些戏份，
很快那四位——诱饵已抛起——
经由他们自己的记忆，达成了他的目的——
仿佛微不足道或完全徒劳，过往的紧张态势被消解，
由此，那至高的意义得以暂歇，

隐去，直至无拘无束的阐释使之明晰。
而后，当灵启出现，宽广而迅疾，
他们个个都对自身的健忘感到惊奇，
直至——笑的门户已经开启——
那四位，与那无名的天使并肩齐飞，
当他们回溯、琢磨，两相对照，
在无条件的欢乐中，忘却热情与骄傲。

那灯火，高悬于天堂上，至午夜仍未熄，
那四位，尚未在嬉戏中倦去，
转回头，不再坚持他们一贯恪守的原则——
翅膀呼应着翅膀，只为挥舞而挥舞着，
合着遥远而庄严的韵律——
喧闹着，在星辰与星辰之间飘来荡去；
从左至右，绕着一颗星球来回打滚，
当笑声，在那个深不可测的夜晚捉住他们；
或是，牢牢握紧一些被铭记的笑料，展翅飞翔，
带着这些无用的礼物，下降，
穿过无底的深渊，那里，空无的世界为诞生而聚拢，
在他们的欢乐中，在黑暗的子宫里搏动，

而欣嫩子谷①的奴隶们终于明白,他们并未受诅咒,
并未见弃于人世的手足。

在镇守天堂的至高军队中,那四位,并非首先,
也并非最后,让那个夜晚在王座之下重现。
噢,从眼眸背后透出的,理解的光彩,
比他们的,曙光之威严更为可爱!
噢,将新颖的知识,友善的态度,握于掌心,
比他们的,陈旧的命令更为强劲!
噢,那一抹明智的微笑在唇与唇之间传递,
比他们的,热诚的情怀更为甜蜜。
噢,很好很圆满,当使命已下放,
他们讲着他们的故事,背对自己,却面朝天堂,
在那片幽寂之中,静候神的箴言,
领受来自真主的平和与垂怜。

---

① 本指位于耶路撒冷西南边的一处山谷,是旧时异教徒献祭活牲的地方。在《圣经》中被引申为一片火湖,专为处罚"胆怯的、不信的、可憎的、杀人的、淫乱的、行邪术的、拜偶像的,和一切说谎话的"而设。在汉译《圣经》中被直接翻译为"地狱"。

当世界的最后一幅肖像被描绘出来

当世界的最后一幅肖像被描绘出来,颜料管干涸、扭曲,
当最古老的色彩已经消退,最年轻的评论家已经死去。
我们会放松放松,且无疑的,我们需要躺下——躺一个
　永远,或者两个。
直到,那所有好工人的主宰将我们投入全新的工作。

而,那些好的将会是快乐的:他们将坐上黄金座椅,
他们将在一块十里格①长的帆布上作画,握着用彗星的
　头发做成的笔,
他们将从抹大拉、彼得和保罗中选一个真正的圣徒来画,
他们将坐着工作一整年,且绝对不会感觉疲乏!

---

① 旧时曾用于航海计程的长度单位,并不十分精确,一里格约等于六千米。

唯独那主宰才赞扬我们，也唯独那主宰，将我们责备，
没有人为钱工作，也没有人工作，是为了名位，
但每一个都享受着工作，且每一个，在他独居的星体，
都将画出那事物，如他们所看到的，如他们所是的事物
　的上帝。

朋　友

我曾有一些朋友——但我梦见他们都已死去，他们常常
提着灯笼跳起舞蹈，环绕着一个小男孩的睡床，
绿色和白色①的灯笼在夜的波浪中起伏：
但我，从很久以前，便不见萤火虫飞舞。

我曾有一些朋友——他们头上的花冠在空中漂游，
他们常常垂首低语，当一个小男孩经过的时候，
就像坚果开始滚动，微风开始吹拂：
但我，从很久以前，便不见可可椰子树。

我曾有一个朋友——他来自好望角，

---

① 此处有双关之意，也许诗人确曾有过两个分别叫作"格林"和"怀特"的朋友。

肩头扛着一袋煤,在一个小男孩出生时来到,
他听我练习说话,助我成长教我生活:
但我,从很久以前,便不见南十字星座。

我曾有一条船——我驾她出去,让她不停地行驶,
直到我发现我的梦有多愚蠢:我的朋友都还在世,
可可椰子是存在的,南十字星是真实的,
并且,萤火虫飞舞着——我便也雀跃着。

恳　请

倘若我使你愉快，
　　以我的任何一件创造，
使你安详地躺在
　　这即将属于你的良宵：

这死者擅闯你的头脑，
　　请谅解这少许，少许唐突，
不为任何问题贸然叨扰，
　　除了我身后留下的这些书。

"蓝色花诗丛"总书目

（按作者出生年月先后排序）

你是黄昏的牧人	[古希腊]萨福	罗 洛 译
天真的预言	[英]布莱克	黄雨石 等译
狄奥提玛	[德]荷尔德林	王佐良 译
致艾尔薇拉	[法]拉马丁	张秋红 译
城与海	[美]朗费罗	荒 芜 译
请你记住	[法]缪塞	宗 璞 等译
浪漫主义的夕阳	[法]波德莱尔	欧 凡 译
这无穷尽的平原的沉寂	[法]魏尔伦	罗 洛 译
新月集·飞鸟集	[印度]泰戈尔	邹仲之 译
东西谣曲	[英]吉卜林	黎 幺 译
我爱那如此温柔的驴子	[法]雅姆	戴望舒 等译
未走之路	[美]弗罗斯特	曹明伦 译
裂枝的嘎鸣	[德]赫尔曼·黑塞	欧 凡 译
注视一只黑鸟的十三种方式	[美]史蒂文斯	王佐良 译
沙与沫	[黎巴嫩]纪伯伦	绿 原 译

重返伊甸园	[英]劳伦斯	毕冰宾 译
荒　原	[英]T. S. 艾略特	赵萝蕤 等译
对星星的诺言	[智利]米斯特拉尔	王央乐 等译
小小的死亡之歌	[西班牙]洛尔迦	戴望舒 译
不要温顺地走进那个良宵	[英]狄兰·托马斯	海　岸 译

（待续）